LES

MAITRES SONNEURS

PAR

GEORGE SAND.

4

PARIS

ALEXANDRE CADOT, ÉDITEUR,

37, RUE SERPENTE.

1853

VINGT-TROISIÈME VEILLÉE

LES
MAITRES SONNEURS

PAR

GEORGE SAND.

4

PARIS

ALEXANDRE CADOT, ÉDITEUR,

37, RUE SERPENTE.

—

1853

LES
MAITRES SONNEURS.

Ouvrages de Xavier de Montépin.

—

Les Oiseaux de Nuit	5 vol.
Le Vicomte Raphaël	5 vol.
Mignonne	3 vol.
Brelan de Dames	4 vol.
Le Loup noir	2 vol.
Confessions d'un Bohême	5 vol.
Les Amours d'un Fou	4 vol.
Pivoine	2 vol.
Les Viveurs d'autrefois	4 vol.
Les Chevaliers du Lansquenet	10 vol.

Sous presse.

Les Valets de Cœur.
Mademoiselle Kérovan.

Ouvrages de G. de La Landelle.

—

Les Iles de Glace	4 vol.
Une Haine à Bord	2 vol.
Le Morne aux Serpents	2 vol.
Les Princes d'Ébène	5 vol.
Falkar le Rouge	5 vol.

Ouvrages d'Alexandre Dumas fils.

—

La Dame aux camélias	1 vol.
Tristan le Roux	3 vol.
Aventures de quatre femmes	6 vol.
Le docteur Servans	3 vol.
Le Roman d'une femme	4 vol.
Césarine	1 vol.

Sous presse.

Les Amours véritables.

Impr. de E. Dépée, à Sceaux (Seine).

LES

MAITRES SONNEURS

PAR

GEORGE SAND.

4

PARIS
ALEXANDRE CADOT, ÉDITEUR,
37, RUE SERPENTE.
—
1853

VINGT-TROISIÈME VEILLÉE

VINGT-TROISIÈME VEILLÉE

Ce n'était pas seulement la beauté surprenante de Thérence qui m'occupait l'esprit, mais un je ne sais quoi qui me la
faisait paraître au dessus de toutes les

autres. Je m'étonnais d'aimer tant Brulette qui lui ressemblait si peu, et j'allais
me demandant si l'une des deux était
trop franche ou l'autre trop fine. Dans
mon jugement, Brulette était plus aimable, ayant toujours quelque chose de gen-
til à dire à ses amis, et sachant les retenir autour d'elle par toutes sortes de
petits commandements dont les garçons se
sentent flattés, parce qu'ils aiment à se
croire nécessaires. Tout au rebours, Thérence vous marquait franchement n'avoir
aucun besoin de vous, et semblait même
étonnée ou ennuyée que l'on fit attention
à elle. Toutes deux sentaient leur prix
cependant; mais tandis que Brulette se

donnait la peine de vous le faire sentir aussi, l'autre avait l'air de ne vouloir qu'une estime pareille à celle qu'elle pourrait vous rendre. Et je ne sais comment ce grain de fierté, plus caché, me paraissait une amorce qui donnait la tentation en même temps que la peur.

Je trouvai la danse enrayée tout au mieux, et Brulette voltigeant comme un papillon aux mains et aux bras d'Huriel. Il y avait tant de feu sur leurs visages, elle paraissait si ivrée au dedans et lui au dehors, qu'ils ne voyaient et n'entendaient rien autour d'eux. La musique les enlevait, mais je crois bien que leurs pieds ne se sentaient point toucher la terre, et que

leurs esprits dansaient dans le paradis.
Comme, parmi ceux qui mènent la bourrée, il y en a peu qui n'aient point une
amour ou une grosse fantaisie en la tête,
on ne faisait pas seulemeut attention à
eux, et il y avait tant de vin, de bruit,
de poussière, de chansons et de joyeuses
paroles dans l'air chaud de la noce, que
le soir arriva, sans que l'assistance prit
grand souci du contentement particulier
d'un chacun.

Brulette ne se dérangea que pour me
demander nouvelles de Charlot et pourquoi Thérence ne venait point; mais elle
se tranquillisa aisément sur mes réponses,
et Huriel ne lui donna pas le temps d'en

écouter bien long sur la conduite de son gars.

Je ne me sentais point en goût de danser, car il se faisait que je ne trouvais là aucune fille jolie, encore qu'il y en eût; mais pas une ne ressemblait à Thérence, et Thérence ne me sortait point de la tête. Je me mis en un coin pour regarder son frère, afin d'avoir quelque nouvelle à lui en donner quand elle me questionnerait. Huriel avait si bien oublié son tourment qu'il était tout bonheur et toute jeunesse. Il se trouvait bien assorti avec Brulette, en ce qu'il aimait le plaisir et le bruit autant qu'elle, quand il s'y mettait, et il avait le dessus sur tous les autres garçons, en ce qu'il ne se lassait jamais à la danse. Chacun sait qu'en tout pays, les femmes enterrent les hommes à la bourrée et tiennent encore sans débrider quand nous sommes crevés de soif et de chaud. Huriel n'était curieux de boire ni de man—ger, et on aurait dit qu'il avait juré de rassasier Brulette de son meilleur diver—tissement; mais, au fond, je voyais bien qu'il y prenait son propre plaisir, et qu'il aurait fait le tour de la terre sur un pied, pourvu que cette légère danseuse fût à son bras.

A la fin, plusieurs garçons, ennuyés d'être refusés par Brulette, observèrent qu'il y avait un étranger bien favorisé

d'elle, et on commença d'en causer autour
des tables. Il faut vous dire que Brulette,
qui ne s'était pas attendue à se tant divertir, et qui avait un peu de mépris doréna-
vant pour tous les galans des environs, à
cause du mauvais comportement de leurs
langues, ne s'était point mise dans de
grands atours. Elle avait plutôt l'air d'une
petite none que de la reine de chez nous;
et, comme il y avait là de grandes toilettes
de gala, elle n'avait pas fait les beaux effets
du temps passé. Cependant, quand elle se
fut animée à la danse, force fut de se
rappeler que nulle ne pouvait lui être
comparée, et ceux qui ne la connaissaient
point, ayant questionné ceux qui là con-

naissaient, il en fut dit du mal et du bien autour de moi.

J'y prêtai l'oreille, voulant en avoir le cœur net, et ne donnai point à connaître qu'elle était ma parente. Alors j'entendis revenir l'histoire du moine et de l'enfant, de Joseph et du Bourbonnais, et il fut dit que ce n'était peut-être pas Joseph l'auteur du péché, mais, bien ce grand garçon si empressé auprès d'elle et paraissant si sûr de son fait qu'il ne souffrait personne autre s'en approcher.

— Eh bien, dit l'un, si c'est lui et qu'il vienne à réparation, mieux vaut tard que jamais.

— Ma foi, dit un autre, elle n'avait

pas mal choisi. C'est un gars superbe et qui paraît très bon enfant.

— Après tout, dit un troisième, ça fera un beau couple, et quand le prêtre y aura passé, ça sera aussi bon qu'un autre ménage.

Par là, je vis bien qu'une femme n'est jamais perdue tant qu'elle a une bonne protection, mais qu'il en faut une franche et finale, car cent ne valent rien, et tant plus s'en mêlent, tant plus la rabaissent et lui font tort.

Dans ce moment-là, ma tante prit Huriel à part, et, l'amenant auprès de moi, lui dit : « — Je vous veux faire trinquer une verrée de mon vin à ma santé, car

vous me réjouissez l'âme de si bien danser, et de mettre si bien en train le monde
de ma noce. » Huriel avait regret de quitter Brulette pour un moment ; mais la
maîtresse du logis était fort décidée, et il
n'y avait pas moyen de lui refuser une
politesse.

Ils s'assirent donc à un bout de table,
qui se trouvait vide, une chandelle posée
entr'eux, et se voyant face à face. Ma
tante Marghitonne était, comme je vous
l'ai dit, une toute petite femme qui avait
oublié d'être sotte. Elle portait la plus
drôle de figure qu'on pût voir, très blanche et très fraiche, encore qu'elle eût la
cinquantaine et mis au monde quatorze

enfants. Je n'ai jamais vu un si long nez,
avec de si petits yeux, enfoncés de chaque
côté comme par une vrille, mais si vifs et
si malins qu'on ne les pouvait regarder
sans avoir envie de rire et de bavarder.

Je vis pourtant qu'Huriel était sur ses
gardes, et qu'il se méfiait du vin qu'elle
lui versait. Il trouvait dans son air quelque
chose de moqueur et de curieux, et, sans
savoir trop pourquoi, il se mettait en défense. Ma tante qui, depuis le matin,
n'avait pas reposé une minute de remuer
et de causer, avait grand'soif pour de bon,
et n'eût point avalé trois petits coups, que
le bout pointu de son grand nez devint
rouge comme une senelle, et que sa grande

bouche, où il y avait des dents blanches
et serrées pour trois personnes plutôt que
pour une, se mit à rire jusqu'aux oreilles.
Pourtant, elle n'était pas dérangée dans
son jugement, car jamais femme ne porta ,
mieux la gaîté sans outrance et la malice
sans méchanceté.

— Ah çà, mon garçon, lui dit-elle,
après beaucoup de propos en l'air, qui ne
lui avaient servi qu'à faire passer la première soif, vous voilà, pour tout de bon,
accordé avec ma Brulette? Il n'y a point à
reculer, car ce que vous souhaitiez est
arrivé; tout le monde en cause, et si vous
pouviez entendre, comme moi, ce qui se
dit de tous les côtés, vous verriez qu'on

vous met sur le dos le futur aussi bièn que le passé de ma jolie nièce.

Je vis que cette parole enfonçait un couteau dans le cœur d'Huriel et le faisait tomber des étoiles dans les épines ; mais il y fit bonne contenance et répondit en riant : « — Je souhaiterais, ma bonne dame, avoir eu le passé, car tout en elle n'a pu être que beau et bon ; mais si j'ai le futur seulement, je me tiendrai pour bien partagé du bon Dieu. »

— Et sage vous serez, riposta ma tante, riant toujours, et le regardant de près avec ses petits yeux verts qui ne voyaient pas de loin, de telle façon qu'on eût dit qu'elle lui voulait percer le front avec son nez affilé. Quand on aime, on aime tout, et on ne se rebute de rien.

— C'est ma volonté, dit Huriel d'un ton sec qui ne démonta point ma tante.

— Et c'est d'autant mieux de votre part, que la pauvre Brulette a plus d'ordre que de bien. Vous savez sans doute que toute sa dot tiendrait bien dans votre verre, et si, n'y a-t-il point de louis d'or dans son compte.

— Eh bien, tant mieux, dit Huriel ; le compte en sera fait vitement, et je n'aime point à perdre mes heures dans les additions.

— D'ailleurs, fit ma tante, un enfant tout élevé est un embarras de moins dans un ménage, surtout si le père fait son devoir, comme il le fera, je vous en ré-ponds ?

Le pauvre Huriel eut chaud et froid; mais, pensant que ce fut une épreuve, il la soutint et dit : « Le père fera son de-voir, moi aussi, j'en réponds ! car il n'y aura pas d'autre père que moi pour tous les enfants nés ou à naître.

— Oh! quant à ça, reprit-elle, vous n'en serez pas le maître, je vous en donne ma parole !

— J'espère que si, dit-il en serrant son verre, comme s'il l'eût voulu écraser dans ses doigts. Quiconque abandonne son bien n'a plus à y repêcher, et je suis un gardien assez fidèle pour ne point souffrir les maraudeurs.

Ma tante allongea sa petite main sèche et la passa sur le front d'Huriel. Elle y sentit la sueur, encore qu'il fût très pâle; et, changeant tout à coup sa mine de malin diable en une figure bonne et franche comme l'était le fond de son cœur : « Mon garçon, lui dit-elle, mettez vos coudes sur la table et venez ici tout auprès de ma bouche. Je vous veux donner un bon baiser sur la joue. »

Huriel, étonné de son air attendri, se prêta à sa fantaisie. Elle releva les cheveux épais de sa tempe et avisa le gage de Brulette, qu'il portait toujours, et que,

sans doute, elle connaissait. Alors, approchant sa grande bouche, comme si elle
l'eût voulu mordre, elle lui glissa quatre
ou cinq paroles dans le tuyau de l'ouïe,
mais si bas, si bas, que je n'en pus rien
attraper. Puis, elle ajouta tout haut, en
lui pinçant le bout de l'oreille : « Allons !
voilà une oreille très fidèle, mais convenez qu'elle en est bien récompensée? »

Huriel ne fit qu'un saut pardessus la
table, renversant les verres et la chandelle, que je n'eus que le temps de rattra-
per. Il se trouvait déjà assis auprès de ma
petite tante et l'embrassait aussi fort que
si elle eût été la mère qui l'avait mis au
monde. Il paraissait comme fou, criait et

chantait, buvait et trinquait, et ma petite
tante, riant comme une petite cresselle,
lui disait en choquant son verre : « A la
santé du père de votre enfant ! »

— C'est ce qui prouve, dit-elle aussitôt
en se retournant vers moi, que les plus
malins sont quelquefois ceux qu'on croit
les plus sots, de même que les plus sots
se trouvent être ceux qui se croient bien
malins. Tu peux le dire aussi, toi, mon
Tiennet, qui as le cœur droit et la parenté fidèle, et je sais que tu t'es conduit
avec la cousine comme si tu lui eusses
été frère. Tu mérites d'en être récom-
pensé et je compte que le bon Dieu ne
te fera pas banqueroute. Un jour ou l'au-

tre, il te donnera aussi ton parfait contentement.

Là-dessus, elle s'en alla, et Huriel me
serrant dans ses bras : « Ta tante a raison,
dit-il ; c'est la meilleure des femmes. Tu
n'es pas dans le secret, mais ça ne fait
rien. Tu n'en es que meilleur ami : aussi...
donne-moi ta parole, Tiennet, que tu
viendras travailler ici tout l'été avec nous,
car j'ai mon idée sur toi, et si Dieu m'as-
siste, tu m'en remercieras bel et bien.

— Si je t'entends, lui dis-je, tu viens
de boire ton vin bien pur, et ma tante
en a retiré le brin de paille qui t'aurait
fait tousser ; mais ton idée sur moi me
paraît plus difficile à contenter.

— Ami Tiennet, le bonheur se gagne, et si tu n'as pas une idée contraire à la mienne...

— J'ai peur de l'avoir trop pareille ; mais ça ne suffit pas.

— Sans doute ; mais qui ne risque rien n'a rien. Es-tu si Berrichon que tu ne veuilles tenter le sort ?

— Tu me donnes trop bon exemple pour que j'y fasse le couard, répondis-je ; mais crois-tu donc...

Brulette vint nous interrompre, et nous vîmes à son air qu'elle ne se doutait toujours de rien.

— Asseyez-vous là, dit Huriel en l'attirant sur ses genoux, comme cela se fait chez nous sans qu'on y voie du mal; et dites-moi, ma chère mignonne, si vous n'avez point envie de danser avec quelqu'autre que moi? Vous m'avez donné et tenu parole; c'est tout ce que je souhaitais pour m'ôter un chagrin que j'avais sur le cœur; mais si vous pensez qu'on en parlera d'une manière qui vous fâcherait, me voilà soumis à votre plaisir, et ne danserai plus qu'à votre commandement.

— Est-ce donc, maître Huriel, répondit Brulette, que vous êtes las de ma compagnie, et que vous souhaitez faire connaissance avec les autres jeunesses de la noce?

— Oh! si vous le prenez comme ça, s'écria Huriel tout éperdu de joie, à la bonne heure! Je ne sais pas seulement s'il y a ici d'autres jeunesses que vous et ne veux pas le savoir.

Alors, il lui présenta son verre, la priant d'y toucher avec ses lèvres, et but ensuite de grand cœur. Puis il cassa le verre pour que nul autre ne s'en put servir, et emmena danser sa fiancée, tandis que je me pris à réfléchir sur la chose qu'il m'avait donnée à entendre et dont je me sentais tout je ne sais comment.

Je ne m'étais pourtant pas encore tâté de ce côté là, et il ne m'avait jamais semblé que je fusse de nature assez ardente

pour m'éprendre, à la légère, d'une fille
aussi sérieuse que Thérence. Je m'étais
sauvé du dépit de ne point plaire à Brulette par mon humeur gaie et complaisante
à la distraction; mais je ne pouvais pas
penser à Thérence sans une sorte de trem-
blement dans la moelle de mes os, comme
si l'on m'eût invité à voyager en pleine
mer, moi qui n'avais jamais mis le pied
sur un bateau de rivage.

— Est-ce que, par hasard, pensais-je,
j'en serais tombé amoureux aujourd'hui,
sans le savoir? Il faut le croire, puisque
voilà Huriel qui m'y pousse, et dont l'œil
aura saisi la vérité sur ma figure; mais je
n'en suis pas certain, parce que je me

sens comme étouffé depuis tantôt, et il me semblait que l'amour devait prendre plus gaiement que ça.

Tout en devisant avec moi-même, je me trouvai, je ne saurais dire comment, arrivé au vieux château. Ce vieux tas de pierres dormait à la lune, aussi muet que ceux qui l'ont bâti ; seulement une petite clarté, sortant de la chambre que Thérence y occupait sur le préau, annonçait que les morts n'en étaient plus les seuls gardiens. Je m'avançai bien doucement, et, regardant à travers le feuillage de la petite croisée, qui n'avait ni vitrage ni boisure, je vis la belle fille des bois disant sa prière, à genoux, auprès de son lit, où Charlot était couché et dormait à pleins yeux.

Je vivrais bien cent ans que je n'oublie-
rais point la figure qu'elle avait dans ce
moment-là. C'était comme une image de
sainte, aussi tranquille que celles que l'on
taille en pierres pour les églises. Je venais
de voir Brulette, aussi brillante qu'un soleil d'été, dans la joie de son amour et le
vol de sa danse, Thérence était là, seule et
contente, aussi blanche que la lune dans
la nuit claire du printemps. On entendait
au loin la musique des noceux ; mais cela
ne disait rien à l'oreille de la fille des bois,
et je pense qu'elle écoutait le rossignol qui
lui chantait un plus beau cantique dans le
buisson voisin.

Je ne sais point ce qui se fit en moi ; mais voilà que, tout d'un coup, je pensai à Dieu, idée qui ne me venait peut-être pas assez souvent, dans ce temps de jeunesse et d'oubliance où j'étais, mais qui me plia les deux genoux, comme par un secret commandement, et me remplit les yeux de larmes qui tombèrent en pluie, comme si un gros nuage venait de se crever dans ma tête.

Ne me demandez point quelle prière je fis aux bons anges du ciel. Je ne m'entendais pas moi-même. Je n'eusse pas encore osé demander à Dieu de me donner Thérence, mais je crois bien que je le requis de me rendre mieux méritant pour un si grand honneur.

Quand je me relevai de terre, je vis que Thérence avait fini son oraison et qu'elle s'apprêtait à dormir. Elle avait ôté sa coiffe, et j'appris qu'elle avait des cheveux noirs qui lui tombaient en grosses tresses jusqu'aux pieds ; mais devant qu'elle eût ôté la première épingle de son habillement, vous me croirez si vous voulez, je m'étais déjà sauvé, comme si j'eusse craint d'être en délit de sacrilége. Je n'étais pourtant pas plus sot qu'un autre, et je n'avais point coutume de bouder le diable ; mais Thérence me tenait le cœur en respect comme si elle eût été cousine de la sainte Vierge.

Comme je sortais du vieux château, un

homme que je ne voyais pas dans l'ombre du portail, me surprit en me portant la parole : « Hé, l'ami, disait-il, apprenez-moi si c'est là, comme je pense, l'ancien château du Chassin?

— Le grand bûcheux ! m'écriai-je, le reconnaissant à la voix. Et je l'embrassai d'un si grand cœur qu'il en fut étonné, car il n'avait pas autant souvenir de moi, comme j'avais de lui.

Mais sitôt qu'il m'eut remis, il me fit grandes amitiés et me dit : — Apprends-moi vitement, mon garçon, si tu as vu mes enfants, ou si tu les sais arrivés en cet endroit.

— Ils y sont depuis ce matin, répon-

dis-je, ainsi que moi et ma cousine Brulette. Votre fille Thérence, est là, bien
tranquille, tandis que ma cousine est, ici
près, à la noce d'une autre cousine, avec
votre cher bon fils Huriel.

— Dieu merci! dit le grand bûcheux,
je n'arrive pas trop tard, et Joseph est,
à cette heure, sur la route de Nohant,
où il croit bien les trouver ensemble.

— Joseph? Il est donc venu comme
vous? On ne vous attendait tous deux
que dans cinq ou six jours, et Huriel
nous disait....

— Tu vas savoir comment tournent les
choses de ce monde, dit le père Bastien en
me tirant un peu sur le chemin, afin de

n'être entendu que de moi. De toutes les choses qui vont au gré du vent, la cervelle des amoureux est la plus légère. Huriel t'a-t-il raconté tout ce qui regarde Joseph ?

— Oui, de tous points, que je crois.

— Joseph, en voyant partir Huriel et Thérence pour le pays d'ici, lui parla dans l'oreille ; sais-tu ce qu'il lui a dit ?

— Oui, je le sais, père Bastien ; mais...

— Tais-toi, car, moi aussi, je le sais. Voyant mon fils changer de couleur, et Joseph se sauver dans le bois d'un air tout singulier, j'allai après lui et lui commandai de me dire quel secret il venait de raconter à Huriel. — « Mon maître, dit Joseph, je ne sais pas si j'ai bien ou mal fait ; j'ai cru y être obligé, et voilà ce que c'est ; je vous le dois pareillement. » Là - dessus, il me raconta avoir reçu une lettre de son pays, où on lui apprenait que Brulette élevait un enfant, qui ne pouvait être que le sien, et, me disant cela avec beaucoup de souffrance et de dépit, il me conseilla fortement de courir après Huriel pour l'empêcher d'aller faire une grande sottise, ou boire une grosse honte.

» Quand je l'eus questionné sur l'âge de l'enfant, et qu'il m'eût fait lire la lettre qu'il avait toujours sur lui, comme s'il eût voulu porter ce remède sur la blessure

de son amour, je ne me sentis pas du tout
persuadé qu'on ne se fût point moqué de
lui, d'autant que le garçon Carnat, qui lui
écrivait cette chose, en réponse à une
avance de Joseph pour se faire honnêtement agréer sonneur de musette en son
pays, paraissait y avoir mis de la malice
pour empêcher son retour. Puis, me rap-
pelant la décence et la modestie de la
petite Brulette, je me persuadai de plus
en plus qu'on lui faisait injure et ne pus
m'empêcher de railler et de blâmer Joseph pour avoir cru si légèrement à une
affaire si vilaine.

» J'aurais sans doute mieux fait, mon
bon Tiennet, de le laisser, méprise ou non,

dans la croyance que Brulette était indigne de son attachement ; mais que veux-
tu ? L'esprit de justice conduisait ma
langue et m'empêchait de songer aux
conséquences. J'étais si mécontent de voir
diffamer une pauvre honnête fille, que je
parlais comme je m'y sentais poussé. Cela
fit sur Joseph plus d'effet que je n'aurais
cru. Il tourna vîtement du tout au tout,
et, versant des larmes comme un enfant,
il se laissa choir à terre, déchirant ses habits et s'arrachant les cheveux, avec tant
de chagrin et de colère contre lui-même,
que j'eus grand'peine à l'apaiser. Par bonheur que sa santé est devenue pareille à la
tienne, car, un an plus tôt, ce déses-

poir, qui le secouait si fort, l'aurait tué.

» Je passai le restant du jour et toute la veillée seul à seul avec lui à tâcher de lui remettre l'esprit. Ce n'était point facile pour moi. D'une part, je sais que mon fils, depuis le premier jour où il a vu Brulette, s'est pris pour elle d'une amour très obstinée, et qu'il n'a été raccommodé avec la vie que le jour où Joseph ne s'est plus mis en travers de son espérance. De l'autre part, j'ai pour Joseph une grande amitié aussi, et je sais que Brulette est dans son idée depuis qu'il est au monde. Il me fallait sacrifier l'un des deux, et je me demandais si je ne serais pas un égoïste de père en me prononçant pour la satisfaction de mon fils au détriment de mon élève.

» Tiennet, tu ne connais plus Joseph, et peut-être ne l'as-tu jamais bien connu. Ma fille Thérence a pu t'en parler un peu sévèrement. Elle ne le juge pas de la même manière que moi. Elle le croit égoïste, dur et ingrat. Il y a du vrai là-dedans; mais ce qui l'excuse devant mes yeux ne peut l'excuser devant les yeux d'une jeunesse comme elle. Les femmes, mon petit Tiennet, ne nous demandent que de les aimer. Elles ne prennent que dans leur cœur la subsistance de leur vie. Dieu les a faites comme ça, et nous en sommes heureux quand nous sommes dignes de le comprendre.

— Il me semble, observai-je au grand
bûcheux, que je le comprends à cette
heure, et que les femmes ont grandement
raison de ne vouloir de nous que notre
cœur, car c'est la meilleure chose que
nous ayons.

— Sans doute, sans doute, mon fils! reprit ce grand brave homme. J'ai toujours
pensé ainsi. J'ai aimé la mère de mes enfants plus que l'argent, plus que le talent, plus que le plaisir et la gloriole, plus
que tout au monde. Je vois bien que mon
fils Huriel est de mon acabit, puisqu'il a
changé, sans regret, d'état et de goûts
pour se rendre capable de prétendre à
Brulette. Et je crois que tu penses de

même, puisque tu le dis si franchement.
Mais enfin le talent est quelque chose que
Dieu estime aussi, puisqu'il ne le donne
pas à tout le monde, et on doit du respect
et du secours à ceux qu'il a marqués
comme les ouailles de son choix.

— Croyez-vous donc que votre fils
Huriel n'ait pas autant d'esprit et plus
de talent dans la sonnerie que notre
Joset?

— Mon fils Huriel a de l'esprit et du
talent. Il a été reçu maître sonneur à
dix-huit ans, et encore qu'il n'en fasse
pas le métier, il en a la connaissance
et la facilité; mais il y a une grande
différence, ami Tiennet, entre ceux qui

retiennent et ceux qui inventent : il y
a ceux qui, avec des doigts légers et
une mémoire juste, disent agréablement
ce qu'on leur a enseigné; mais il y
a ceux qui ne se contentent d'aucune
leçon et vont devant eux, cherchant
des idées et faisant, à tous les musiciens
à venir, le cadeau de leurs trouvailles.
Or, je te dis que Joseph est de ceux-là,
et qu'il y a même en lui deux natures
bien remarquables : la nature de la
plaine, où il est né, et qui lui donne
des idées tranquilles, fortes et douces,
et la nature de nos bois et de nos col-
lines, qui s'est ouverte à son entendement et qui lui a donné des idées tendres,

vives et sensibles. Il sera donc, pour
ceux qui auront des oreilles pour entendre, autre chose qu'un sonneur ménétrier de campagne. Il sera un vrai
maître sonneur des anciens temps, un
de ceux que les plus forts écoutent
avec attention et qui commandent des
changements à la coutume.

— Vous croyez donc, père Bastien,
qu'il deviendra un second grand bûcheux
de votre ordre?

— Ah! mon pauvre Tiennet, répondit
le vieux sonneur, en soupirant, tu ne sais
de quoi tu parles, et j'aurais peut-être de
la peine à te le faire comprendre!

— Essayez toujours, lui dis-je, vous êtes bon à écouter, et il n'est pas bon que je reste toujours simple comme je suis.

VINGT-QUATRIÈME VEILLÉE

VINGT-QUATRIÈME VEILLÉE.

« Sache donc, reprit le grand bûcheux, oubliant son récit aussi bien que moi (car il aimait à causer quand il se voyait entendu volontiers), que j'aurais été quelque chose, si je m'étais donné tout

entier et sans partage à la musique. Je
l'aurais pu si je m'étais fait ménétrier
comme c'était l'idée de ma jeunesse. Ce
n'est pas qu'on gagne du talent à brailler
trois jours et trois nuits durant à une
noce, comme le malheureux que j'entends
d'ici estropier notre branle monta-
gnard. On s'y fatigue et on s'y rouille,
quand on n'a en vue que l'argent à gagner; mais il y a manière pour un artiste
de vivre de son corps sans se tuer l'âme
dans ce métier-là. Comme la moindre fête
rapporte deux ou trois pistoles, on peut en
prendre à son aise, se soutenir fruga-
lement et voyager pour son plaisir et son
instruction.

« C'est ce que Joseph veut faire, et ce
que je lui ai toujours conseillé. Mais voici
ce qui m'arriva, à moi : je devins amoureux, et la mère de mes chers enfants ne
voulut point entendre à être la femme
d'un ménétrier sans feu ni lieu, toujours
dehors, passant les nuits en vacarme, les
jours en sommeil, et finissant par la dé-
bauche; car, par malheur, il est rare que
l'on s'en puisse préserver toujours dans
un pareil état. Elle me retint donc au
travail des bois, et tout fut dit. Je n'ai jamais regretté mon talent tant qu'elle a
vécu. Pour moi, je te l'ai dit, l'amour était
la plus belle des musiques.

» Resté veuf de bonne heure et chargé

de deux jeunes enfants, je me suis donné
tout à eux ; mais mon savoir s'y est bien
rouillé, et mes doigts sont devenus cro-
chus, à manier toujours la serpe et la
coignée. Aussi je te confesse, Tiennet, que
si mes deux enfants étaient établis heu-
reusement et selon leur cœur, je quitte-
rais cette tâche pesante de lever le fer et
de fendre le bois, et m'en irais, content et
rajeuni, vivre à ma guise et chercher la
causerie des anges jusqu'à ce que la vieil-
lesse me ramenât engourdi et rassasié au
foyer de ma famille.

» Et puis, je me lasse de couper des
arbres. Sais-tu, Tiennet, que je les aime,
ces beaux vieux compagnons de ma vie,

qui m'ont raconté tant de choses dans les bruits de leurs feuillages et les craquements de leurs branches! Et moi, plus malsain que le feu du ciel, je les en ai remerciés en leur plantant la hache dans le cœur et en les couchant à mes pieds, comme autant de cadavres mis en pièces! Ne ris pas de moi, je n'ai jamais vu tomber un vieux chêne, ou seulement un jeune saule, sans trembler de pitié ou de crainte, comme un assassin des œuvres du bon Dieu. Il me tarde de me promener sous des ombrages qui ne me repousseront plus comme un ingrat, et qui me diront enfin des secrets dont je n'étais pas digne. »

Le grand bûcheux, qui s'était passionné
à parler, resta pensif un moment, et moi
aussi, étonné de ne point le trouver aussi
fou que tout autre m'eût semblé en sa
place, soit qu'il sut me rendre ses idées,
soit que j'eusse moi-même la tête montée
d'une certaine façon.

— Tu penses sans doute, reprit-il, que
nous voilà bien loin de Joseph ; mais tu te
trompes ; nous y sommes d'autant mieux,
et, à présent, tu comprendras pourquoi
je me suis décidé, après un peu d'hésitation, à brusquer les peines de ce pauvre
enfant. Je me suis dit, et j'ai vu, à la tour-
nure que prenait son chagrin, qu'il ne
pourrait jamais rendre une femme heu-

reuse, et que, partant, il ne serait jamais heureux lui-même avec une femme, à moins qu'elle ne fût remplie d'orgueil à cause de lui. Car Joseph, il faut bien le reconnaître, n'a pas tant besoin d'amitié que d'encouragement ou de louange. Ce qui l'a rendu si épris de Brulette, c'est que, de bonne heure, elle l'a écouté et excité à la musique : ce qui l'a empêché d'aimer ma fille (car son retour vers elle n'a été que du dépit), c'est que ma fille lui demandait plus d'attachement que de savoir, et le traitait comme un fils plutôt que comme un homme de grand talent.

» J'ose dire, à présent, que j'ai lu dans le cœur de ce garçon, et que toute son

idée était d'éblouir un jour Brulette; et
comme Brulette était tenue pour la reine
de beauté et de fierté de son endroit, il
aurait, grâce à elle, tâté de la royauté
tout son saoûl; mais Brulette, fanée par
une faute, ou tout au moins rabaissée
dans l'apparence, Brulette, moquée et cri-
tiquée, n'était plus son rêve. Et moi,
qui connaissais aussi le cœur de mon
fils Huriel, je savais qu'il ne condamne-
rait pas Brulette sans examen, et que si
elle n'avait rien fait de condamnable,
il l'aimerait et la soutiendrait d'autant
mieux qu'elle serait plus méconnue.

» Voilà donc ce qui m'a décidé, en fin
de compte, à combattre l'amour de Jo-

seph, et lui conseiller de ne plus songer
au mariage. Et mêmement, j'ai tâché de
lui faire entendre ce dont j'étais quasiment certain, c'est que Brulette lui pré-
férait mon fils.

» Il a paru se rendre à mes raisons,
mais c'était, je pense, pour s'en débarrasser, car, au petit jour, hier matin, j'ai
vu qu'il faisait ses dispositions pour s'èn
aller, encore qu'il se crut plus fin que moi
et comptât pouvoir déloger par surprise.
Je me suis accroché à lui, jusqu'à ce que,
perdant patience, il m'ait laissé voir le
fond du sac. J'ai connu alors que son dépit était gros, et qu'il était décidé à courir après Huriel pour lui disputer Bru-

lette, si Brulette lui en paraissait valoir la
peine. Et comme il n'était pas, pour cela,
assuré du dernier point, je pensai devoir
le blâmer, voire me moquer d'un amour
comme le sien, qui n'était que jalousie
sans estime, et comme qui dirait gourman-
dise sans appétit.

» Il a confessé que j'y voyais clair ; mais
il est parti quand même, et, à cela, tu
reconnais son obstination. Au moment de
recevoir la maîtrise de son art, et quand
le rendez-vous était pris pour un concours
du côté d'Ausances, il a tout quitté, sauf à
être retardé encore longtemps, disant qu'il
se ferait recevoir de gré ou de force en son
pays. Le voyant si bien décidé que, pour

un peu, il se serait emporté contre moi, j'ai pris le parti de venir avec lui, craignant quelque chose de mauvais dans son premier mouvement, ou quelque nouveau malheur dans celui d'Huriel. Nous nous sommes départis l'un de l'autre, seulement à une demi-lieue en sus, au bourg de Sarzay ; et, tandis qu'il prenait le chemin de Nohant, j'ai pris celui qui m'a amené ici, espérant bien y trouver encore Huriel et pouvoir raisonner avec lui ; et me disant, d'ailleurs, que mes jambes me porteraient bien encore jusqu'à Nohant, ce soir, si besoin était. »

Par bonheur, vous pourrez vous reposer tranquillement cette nuit, dis-je au grand bûcheux ; nous aviserons demain ; mais êtes-vous donc tourmenté pour tout de bon de la rencontre de ces deux galants ? Joseph n'a jamais été querelleux à ma connaissance, et je l'ai toujours vu se taire quand on lui montrait les dents.

— Oui, oui, répondit le père Bastien, tu as vu cela dans le temps qu'il n'était qu'un enfant maladif et défiant de sa force ; mais il n'y a pire eau que celle qui dort, et il n'est pas toujours sain d'en remuer le fond.

— Ne voulez-vous point entrer dans votre nouvelle demeurance et voir votre fille ?

— Tu m'as dit qu'elle était là bien tranquille ; je n'en suis donc point en peine,
et me sens plus pressé de savoir la vérité
sur Brulette ; car, enfin, encore que mon
cœur l'ait défendue, mon raisonnement
me dit qu'il faut qu'il y ait eu, en sa conduite, quelque petite chose qui prête au
blâme, et j'en dois être juge avant que
d'aller plus loin. »

J'allais lui raconter ce qui s'était passé
une heure auparavant, sous mes yeux,
entre Huriel et ma tante, quand Huriel
lui-même arriva vers nous, dépêché par
Brulette, qui craignait la gêne occasion-
née à Thérence pour le dormir de Charlot. Le père et le fils eurent alors une

explication où Huriel, priant son père
de ne point lui faire dire un secret où
il avait engagé sa parole, et dont Brulette même ne le savait pas instruit, lui
jura, sur son baptême, que Brulette était
digne en tout d'être bénie par lui. « Venez la voir, mon cher père, ajouta-t-il,
cela vous est bien commode, car, en ce
moment, on danse dehors, et vous n'avez
pas besoin d'être invité pour vous trouver
là. A la manière dont elle vous embras-
sera, vous verrez bien que jamais fille
plus aimable et plus mignonne ne fut plus
saine de sa conscience.

— Je n'en doute plus, mon fils, et j'irai
seulement pour te contenter, ainsi que

pour le plaisir de la voir; mais demeurons encore un peu, car je te veux parler de Joseph.

Je pensai devoir les laisser s'en expliquer ensemble, et aller avertir ma tante de l'arrivée du grand bûcheux, sachant bien qu'elle lui ferait bon accueil et ne le laisserait point dehors. Mais je ne trouvai au logis que Brulette toute seule. Toute la noce, avec la musique en tête, avait été porter la rôtie aux nouveaux mariés, lesquels s'étaient retirés en une maison voisine, car il était environ les onze heures du soir. C'est une ancienne coutume, que je n'ai jamais trouvée bien honnête, d'aller ainsi troubler, par une

visite et des chansons de joyeuseté, la
première honte d'une jeune mariée; et,
encore que les autres jeunes filles s'y
fussent rendues avec ou sans malice,
Brulette avait eu la décence de ne bouger
du coin du feu, où je la vis assise, comme
surveillant un reste de cuisine, mais prenant un peu de repos dont elle avait
besoin. Et comme elle me paraissait as-
soupie, je ne la voulus point déranger,
ni lui ôter la bonne surprise du réveil
que lui ferait le grand bûcheux.

Bien las moi-même, je m'assis contre
une table, où j'allongeai les deux bras
et la tête dessus, comme on se met quand
on veut se refaire d'une ou deux minutes

de sommeil; mais je pensai à Thérence, et ne dormis point. Seulement j'eus, pour un moment bien court, les idées embrouillées, lorsque, à un petit bruit, j'ouvris les yeux sans lever la tête, et je vis qu'un homme était entré et s'approchait de la cheminée.

Encore qu'on eût emporté toutes les chandelles pour la visite aux nouveaux mariés, le feu de fagots, qui flambait, envoyait assez de clarté dans la chambre pour me laisser reconnaître bien vite celui qui était là. C'était Joseph, lequel, sans doute, avait rencontré sur le chemin de Nohant quelque noceux qui, lui apprenant où nous étions, l'avait porté à revenir sur ses pas. Il était tout poudreux de son voyage et portait son paquet au bout d'un bâton, qu'il jeta en un coin, et resta planté, comme une pierre levée, à regarder Brulette endormie, sans faire attention à moi.

Depuis un an que je ne l'avais vu, il s'était fait en lui autant de changement que chez Thérence. La santé lui étant venue plus belle qu'il ne l'avait eue jamais, on pouvait dire qu'il était joli homme et que sa figure carrée et son corps sec marquaient plus de muscle que de maigreur. Il était jaune de figure, autant comme porté à la bile que comme recuit par le hâle, et ce teint obscur allait bien avec

ses grands yeux clairs et ses longs cheveux plats. C'était bien toujours la même
physionomie triste et songeuse; mais il
s'y était mêlé quelque chose de décidé et
de hardi qui montrait enfin le rude vouloir si longtemps caché au dedans.

Je ne bougeai, voulant savoir de quelle
façon il aborderait Brulette et ce qu'on
pouvait augurer de sa prochaine rencontre avec Huriel. Sans doute il étudiait la
figure de Brulette et y cherchait la vérité,
et peut-être que sous ses yeux, clos par
un léger somme, il reconnut la paix du
cœur; car la fillette était bien jolie, vue
comme cela au feu de l'âtre. Elle avait
encore le teint animé de plaisir, la bou-

che souriante de contentement, et les fines
soies de ses yeux abaissés envoyaient sur
ses joues une ombre très douce, qui semblait cligner en dessous, comme ces re-
gards fripons que les jeunes filles détour-
nent pour mieux voir. Mais elle dormait
pour tout de bon, et, rêvant sans doute
d'Huriel, ne songeait pas plus à amorcer
Joseph qu'à le repousser.

Je vis qu'il la trouvait si belle que son
dépit ne tenait plus qu'à un fil, car il se
baissa vers elle, et, avec une résolution
dont je ne l'aurais jamais cru doué, il
approcha sa bouche tout près de la sienne
et l'eût touchée, si, par je ne sais quelle
bisque qui me vint, je n'eusse toussé for-

tement pour arrêter le baiser au passage.

Brulette s'éveilla en sursaut; je fis comme si pareille chose m'arrivait, et Joseph se trouva un peu sot, entre nous deux qui lui demandions ses portements, sans qu'il y eût apparence de confusion dans Brulette ni de malice dans moi.

VINGT·CINQUIÈME VEILLÉE.

VINGT-CINQUIÈME VEILLÉE.

Joseph se remit très vite, et, reprenant son courage, comme s'il n'en eût point voulu garder le démenti : — « Je suis aise de vous trouver céans, dit-il à Brulette, et,

après un an écoulé sans nous voir, ne voulez-vous plus embrasser votre ancien
ami ? » Il s'approcha encore, mais elle se
recula, étonnée de son air singulier, et lui
répondit : « — Non, Joset, je n'ai point
coutume d'embrasser aucun garçon, quelque ami ancien qu'il me soit, et quelque
plaisir que j'aie à le saluer.

— Vous êtes devenue bien farouche!
reprit-il d'un air de moquerie et de colère.

— Je ne sache pas, Joset, dit-elle, avoir
jamais été farouche hors de propos avec
vous. Vous ne m'avez point mis dans le
cas de l'être ; et comme vous ne m'avez ja-

mais demandé de me familiariser avec vous, je n'ai pas eu la peine de me défendre de vos embrassades. Qu'est-ce qu'il y a donc de changé entre nous, pour que vous me réclamiez ce qui n'est jamais entré dans nos amitiés?

— Voilà bien des paroles et des grimaces pour un baiser! dit Joseph se montant peu à peu. Si je ne vous ai jamais réclamé ce dont vous étiez si peu avare avec les autres, c'est que j'étais un enfant très sot. J'aurais cru que vous me recevriez mieux, à présent que je ne suis plus niais et si craintif.

— Qu'est-ce qu'il a donc? me dit Brulette étonnée et mêmement effrayée, en se rapprochant de moi. Est-ce lui, ou quelqu'un qui lui ressemble ? J'ai cru reconnaître notre Joset; mais, à présent, ce n'est plus ni sa parole, ni sa figure, ni son amitié.

— En quoi vous ai-je manqué, Brulette ? reprit Joseph un peu démonté et déjà repentant, au souvenir du passé. Est-ce parce que j'ai le courage qui me manquait pour vous dire que vous êtes, pour moi, la plus belle du monde, et que j'ai toujours souhaité vos bonnes grâces ? Il n'y a point là d'offense, et je n'en suis peut-être pas plus indigne que bien d'autres soufferts autour de vous ?

Disant cela avec un retour de dépit, il
me regarda en face, et je vis qu'il souhaitait chercher querelle au premier qui s'y
voudrait prêter. Je ne demandais pas
mieux que d'essuyer son premier feu. —
Joseph, lui dis-je, Brulette a raison de te
trouver changé. Il n'y a rien là d'étonnant.
On sait comment on se quitte et non comment on se retrouvera. Ne sois donc pas
surpris si tu trouves en moi aussi un petit
changement. Je t'ai toujours été doux et
patient, te soutenant en toute rencontre et
te consolant dans tes ennuis ; mais si tu es
devenu plus injuste que par le passé, je
suis devenu plus chatouilleux, et je trouve
mauvais que tu dises devant moi à ma

cousine qu'elle est prodigue de baisers et qu'elle souffre trop de gens autour d'elle.

Joseph me regarda d'un œil méprisant, et prit véritablement un air de diable emmalicé·pour me rire à la figure. Et puis il dit, en croisant ses bras, et me toisant comme s'il eût voulu prendre ma mesure : — Ah vraiment, Tiennet? C'est donc toi? Eh bien, je m'en étais toujours douté, à l'amitié que tu me marquais pour m'endormir.

— Qu'est-ce que vous entendez par là, Joset? dit Brulette offensée, et pensant qu'il eut perdu l'esprit. Où avez-vous pris le droit de me blâmer, et comment vous passe-t-il par la tête de chercher à voir quelque chose de mal ou de ridicule entre mon cousin et moi? Etes-vous donc pris de vin ou de fièvre, que vous oubliez le respect que vous me devez, et l'attache— ment que je croyais mériter de vous?

Joseph fut battu de l'oiseau, et, prenant la main de Brulette dans la sienne, il lui dit avec des yeux remplis de larmes : — J'ai tort, Brulette; oui, j'ai été un peu secoué par la fatigue et par l'impatience d'arriver; mais je n'ai pour vous que de l'empressement, et vous ne devez pas le prendre en mauvaise part. Je sais très bien que vos manières sont retenues et que vous voulez soumission de tout le monde. C'est le droit de votre beauté, qui n'a fait que gagner au lieu de se perdre; mais convenez que vous aimez toujours le plaisir, et qu'à la danse on s'embrasse beaucoup. C'est la coutume, et je la trouverai bonne quand j'en pourrai profiter à mon tour. Il faut que cela soit, car je sais danser, à présent, tout comme un autre, et, pour la première fois de ma vie, je vas danser avec vous. J'entends revenir les musettes. Venez, et vous verrez que je ne bouderai plus contre le plaisir d'être au nombre de vos serviteurs.

— Joset, répondit Brulette, que ce discours ne contenta qu'à demi, vous vous

trompez si vous pensez que j'ai encore
des serviteurs. J'ai pu être coquette, c'é-
tait mon goût, et je n'ai pas de comptes à
rendre de moi ; mais j'avais aussi le droit
et le goût de changer. Je ne danse donc
plus avec tout le monde, et, ce soir, je ne
danserai pas davantage.

— J'aurais cru, dit Joseph piqué, que
je n'étais pas tout le monde pour l'ancienne camarade avec qui j'ai communié
et vécu sous le même toit !

La musique et les noceux, qui arri-
vaient à grand bruit, lui coupèrent la parole, et Huriel entrant, tout animé, sans
faire la moindre attention à Joseph, prit

Brulette dans ses bras, l'enleva comme
une paille et la conduisit à son père qui
était dehors, et qui l'embrassa bien joyeu-
sement, au grand crève-cœur de Joseph
qui la suivait, et qui, serrant les poings,
la voyait faire à ce vieux les amitiés d'une
fille à son père.

Me coulant alors à l'oreille du grand
bûcheux, je lui fis observer que Joseph
était là, et, le prévenant de sa mauvaise
humeur, je lui dis qu'il serait à propos
qu'il emmenât Huriel, tandis que je déci-
derais bien aisément Brulette à se retirer
aussi. Par ce moyen, Joseph, qui n'était
pas de la noce et que ma tante ne retien-
drait point, serait bien obligé d'aller

coucher à Nohant ou dans quelque autre maison du Chassin. Le grand bûcheux fut de mon avis, et faisant semblant de ne point voir Joseph, qui se tenait à l'écart, il se consulta avec Huriel, tandis que Brulette s'en alla voir dans quel endroit de la maison elle pourrait passer la nuit.

Mais ma tante, qui s'était vantée de nous héberger, n'avait pas compté qu'elle prendrait fantaisie de se coucher avant les trois ou quatre heures du matin. Les garçons ne se couchent même point du tout la première nuit des noces et font de leur mieux pour que la danse ne périsse point trois jours et trois nuits durant. Si l'un d'eux se sent trop fatigué, il s'en va au foin faire un somme. Quant aux filles et femmes, elles se retirent toutes en une même chambre; mais ce ne sont guère que les vieilles ou les laides qui lâchent ainsi la compagnie.

Aussi, quand Brulette monta en la chambre où elle comptait trouver place auprès de quelque parente, elle tomba dans toute une ronflerie qui ne lui donna pas seulement un coin grand comme la main, et celles qu'elle réveilla, lui dirent de revenir au jour, quand elles iraient reprendre le service de la table. Elle redescendit pour nous dire son embarras, car elle s'y était prise trop tard pour s'arranger avec les voisines, il n'y avait pas seulement une chaise en une chambre fermée, où elle pùt passer la nuit.

— Alors, dit le grand bûcheux, il faut vous en aller dormir avec Thérence. Mon garçon et moi passerons le temps ici et personne n'y pourra trouver à redire.

J'avisai que pour ôter tout prétexte à la jalousie de Joseph, il était aisé à Brulette de s'échapper avec moi sans rien dire, et le grand bûcheux allant à lui et l'occupant par ses questions, j'emmenai ma cousine au vieux château en sortant par le jardin de ma tante.

Quand je revins, je trouvai le grand

bûcheux, Joseph et Huriel attablés ensemble. Ils m'appelèrent, et je me mis à sou-
per avec eux, me prêtant à manger, boire,
causer et chanter pour éviter l'éclat du
dépit qui aurait pu s'amasser dans les
discours dont Brulette aurait été le sujet.
Joseph, nous voyant ligués pour le forcer
à faire bonne contenance, se posséda
très bien d'abord, et montra même de la
gaîté, mais, malgré lui, il mordit bientôt en caressant, et on sentait qu'à tout
propos joyeux il avait un aiguillon au
bout de la langue, ce qui l'empêchait d'y
aller franchement.

Le grand bûcheux eût souhaité endormir son fiel par un peu de vin, et je

crois que Joseph s'y serait prêté de bon
cœur pour s'oublier lui-même; mais jamais le vin n'avait eu de prise sur lui,
et, moins que jamais, il en ressentit le
bon secours. Il but quatre fois comme
nous autres, qui n'avions pas de raisons
pour vouloir enterrer nos entendements,
et il n'en eût que les idées plus claires
et la parole plus nette.

Enfin, à une méchanceté un peu trop
forte qui lui vint, sur la finesse des femmes et la traîtrise des amis, Huriel, frappant du poing sur la table et prenant dans
ses mains le bras de son père, qui depuis
longtemps le poussait du coude pour le
rappeler à la patience :

— Non, mon père, dit-il, pardonnez-
moi, mais je n'en puis endurer davantage,
et il vaut mieux s'expliquer ouvertement
quand on y est. Que ce soit demain, ou
dans une semaine, ou dans une année,
je sais que Joseph aura la dent aussi poin-
tue qu'à cette heure, et si j'ai l'oreille
fermée jusque-là, il faudra bien toujours
qu'elle finisse par s'ouvrir aux reproches
et aux injustices. Voyons, Joseph, il y a
une bonne heure que je comprends, et tu
as dépensé beaucoup d'esprit de trop.
Parle chrétien, j'écoute. Dis ce que tu as
sur le cœur, le pourquoi et le comment.
Je te répondrai de même.

— Allons, soit! expliquez-vous, dit le

grand bûcheux, en renversant son verre
et prenant son parti comme il savait faire
à l'occasion : on ne boira plus, si ce n'est
pour trinquer de franche amitié, car il ne
faut pas mêler le venin du diable au vin
du bon Dieu.

— Vous m'étonnez beaucoup tous les
deux, dit Joseph, qui devint jaune jusque
dans le blanc de l'œil, et qui, cependant,
continua de rire mauvaisement. A qui
diantre en avez-vous, et pourquoi vous
grattez-vous quand nulle mouche ne vous
pique? Je n'ai rien contre personne; seulement je suis en humeur de me moquer
de tout, et je ne pense pas que vous m'en
puissiez ôter l'envie.

— Peut-être! dit Huriel dépité à son tour.

— Essayez-y donc! reprit Joseph toujours ricanant.

— Assez! dit le grand bûcheux, frappant sur la table avec sa grosse main noueuse. Taisez-vous l'un et l'autre, et puisqu'il n'y a pas de franchise chez toi, Joseph, j'en aurai pour deux. Tu as méconnu dans ton cœur la femme que tu voulais aimer, c'est un tort que le bon Dieu peut te pardonner, car il ne dépend pas toujours d'un homme d'être confiant ou méfiant dans ses amitiés; mais c'est, à tout le moins, un malheur qui ne se répare guère. Tu es tombé dans ce malheur, il faut t'y accoutumer et t'y soumettre.

— Pourquoi donc ça, mon maître? dit Joseph, se redressant comme un chat sauvage. Qu'est-ce qui s'est chargé de dire mon tort à celle qui n'en avait pas eu connaissance et qui n'a rien eu à en souffrir?

— Personne! repondit Huriel. Je ne suis pas un lâche,

— Alors, qui s'en chargera? reprit Joseph.

— Toi-même, dit le grand bûcheux.

— Et qui m'y obligera?

— La conscience de ton propre amour pour elle. Un doute ne va jamais seul, et si tu es guéri du premier, il t'en viendra un second qui te sortira des lèvres aux premiers mots que tu lui voudras dire.

— M'est avis, Joseph, dis-je à mon tour, que c'est déjà fait, et que tu as offensé, ce soir, la personne que tu veux disputer.

— C'est possible, répondit-il fièrement; mais cela ne regarde qu'elle et moi. Si je veux qu'elle en revienne, qui vous dit qu'elle n'en reviendra pas? Je me rappelle une chanson de mon maître dont la musique est belle, et les paroles vraies :

On donne à qui demande.

Eh bien, marchez, Huriel! Demandez en paroles, moi, je demanderai en musique, et nous verrons si on est trop engagé avec vous pour ne pas se retourner de mon côté. Voyons, allez-y franchement, vous qui me reprochez d'y aller de travers! Nous voilà à deux de jeu, et nous n'avons pas besoin de nous déguiser. Une belle maison n'a pas qu'une porte, et nous frapperons chacun à la nôtre.

— Je le veux bien, répondit Huriel; mais vous ferez attention à une chose,

c'est que je ne veux plus de reproches, ni
sérieux, ni moqueurs. Si j'oublie ceux
que j'aurais à vous faire, ma douceur n'ira
pas jusqu'à souffrir ceux que je ne mérite
pas.

— Je veux savoir ce que vous me reprochez! fit Joseph, à qui le trouble
de sa bile ôtait la souvenance.

— Je vous défends de le demander,
et je vous commande de vous en aviser
vous-même, répondit le grand bûcheux.
Quand vous échangeriez quelque mauvais coup avec mon fils, vous n'en se-
riez pas plus blanc pour cela, et vous
n'auriez pas sujet d'être bien fier, si je

vous retirais le pardon que, sans rien
dire, mon cœur vous a accordé!

— Mon maître, s'écria Joseph, très
échauffé d'émotion, si vous avez cru avoir
quelque pardon à me faire, je vous en
remercie; mais dans mon idée, je ne vous
ai pas fait d'offense. Je n'ai jamais songé à
vous tromper, et si votre fille avait voulu
dire oui, je n'aurais pas reculé devant
mon offre; c'est une fille sans pareille
pour la raison et la droiture; je l'aurais
aimée, mal ou bien, mais sincèrement et
sans trahison. Elle m'eût peut-être sauvé de
bien des torts et de bien des peines! mais
ne m'en a pas trouvé digne. Or donc, elle
je suis libre, à cette heure, de recher-

cher qui me plaît, et je trouve que celui qui avait ma confiance et me promettait son secours s'est bien dépêché de profiter d'un moment de dépit pour me vouloir supplanter.

— Ce moment de dépit a duré un mois. Joseph, répondit Huriel, soyez donc juste! Un mois, pendant lequel vous avez, par trois fois, demandé ma sœur. Je devais donc penser que vous en faisiez une dérision, et, pour vous justifier d'une pareille insulte auprès de moi, il faut que vous me blanchissiez de tout blâme. J'ai cru à votre parole, voilà tout mon tort : ne me donnez point à croire que c'en soit un dont je me doive repentir.

Joseph garda le silence, puis, se levant :

— Oui, vous avez raison dans le raisonnement, dit-il. Vous y êtes tous deux plus
forts que moi, et j'ai parlé et agi comme
un homme qui ne sait pas bien ce qu'il
veut; mais vous êtes plus fous que moi si
vous ne savez pas que, sans être fou, on
peut vouloir deux choses contraires. Laissez-moi pour ce que je suis, et je vous lais-
serai pour ce que vous voudrez être. Si
vous êtes un cœur franc, Huriel, je le con-
naîtrai bientôt, et si vous gagnez la partie
de bon jeu, je vous rendrai justice et me
retirerai sans rancune.

— A quoi connaîtrez vous mon cœur
franc, si vous n'avez pas encore été

capable de le juger et de m'en tenir
compte?

— A ce que vous direz de moi à Brulette, répondit Joseph. Il vous est commode de l'indisposer contre moi et je ne
peux pas vous rendre la pareille.

— Attends! dis-je à Joseph. N'accuse
personne injustement. Thérence a déjà
dit à Brulette que tu l'avais demandée
en mariage, il n'y a pas quinze jours.

— Mais il n'a pas été dit et il ne
sera pas dit autre chose, ajouta Huriel.
Joseph, nous sommes meilleurs que tu ne
crois. Nous ne voulons pas t'ôter l'amitié
de Brulette.

Cette parole toucha Joseph, et il avança la main comme pour prendre celle d'Huriel ; mais son bon mouvement demeura en route, et il s'en alla, sans dire un mot de plus à personne.

— C'est un cœur bien dur ! s'écria Huriel, qui était trop bon pour ne pas souffrir de ces airs d'ingratitude.

— Non ! c'est un cœur malheureux, lui répondit son père.

Frappé de cette parole, je suivis Joseph pour le gronder ou le consoler, car il me semblait qu'il emportait la mort dans ses yeux. J'étais aussi mal content de lui qu'Huriel, mais l'habitude que j'avais eue

de le plaindre et de le soutenir, m'emportait vers lui quand même.

Il marchait si vite sur le chemin de Nohant, que je l'eus bientôt perdu de vue ;
mais il s'arrêta au bord du Lajon, qui est
un petit étang sur une brande déserte.
L'endroit est triste et n'a, pour tout om-
brage, que quelques mauvais arbres mal
nourris en terre maigre ; mais le marécage
foisonne de plantes sauvages, et, comme
c'était le moment de la pousse du plateau
blanc et de mille sortes d'herbages de marais, il y sentait bon comme en une cha-
pelle fleurie.

Joseph s'était jeté dans les roseaux, et,

ne se sachant pas suivi, se croyant seul et caché, il gémissait et grondait en même temps, comme un loup blessé. Je l'appelai, seulement pour l'avertir, car je pensais bien qu'il ne me voudrait pas répondre, et j'allai droit à lui : — Ça n'est pas tout ça, lui dis-je, il faut s'écouter, et les pleurs ne sont pas des raisons.

— Je ne pleure pas, Tiennet, me répondit-il d'une voix assurée. Je ne suis ni si faible ni si heureux que de me pouvoir soulager de cette manière-là. C'est tout au plus si, dans les pires moments, il me vient une pauvre larme hors des yeux, et celle qui cherche à en sortir, à cette heure, n'est pas de l'eau, mais du feu, que je

crois, car elle me brûle comme un char-
bon ardent! Mais ne m'en demande pas la
cause; je ne sais pas la dire ou ne veux
pas la chercher. Le temps de la confiance
est passé. Je suis dans ma force et ne crois
plus à l'aide des autres. C'était de la pitié;
je n'en ai plus besoin, et ne veux plus
compter que sur moi-même. Merci de tes
bonnes intentions. Adieu. Laisse-moi.

— Mais où vas-tu passer la nuit?

— Je vas voir ma mère.

— Il est bien tard, et il y a loin d'ici à
Saint-Chartier.

— N'importe! dit-il en se levant. Je ne

saurais rester en place. Nous nous rever-
rons demain, Tiennet.

— Oui, chez nous, car c'est demain que
nous y retournons.

— Ça m'est égal, dit-il encore. Où elle
sera, je saurai bien la retrouver, votre
Brulette, et elle n'a peut-être pas encore
dit son dernier mot !

Il s'en alla d'un air très résolu, et,
voyant que sa fierté le soutenait, je renon-
çai à le tranquilliser. Je comptai que la fatigue, le plaisir de voir sa mère et une ou
deux journées de réflexion le ramène-
raient à la raison. Je projetai donc de conseiller à Brulette de rester au Chassin jus-

qu'au surlendemain, et, revenant vers ce
village, je trouvai, dans le coin d'un pré
que je traversais pour m'abréger le retour,
le grand bûcheux et son fils qui faisaient,
comme ils disaient, leur couverture ; ce
qui signifiait qu'ils s'arrangeaient pour
dormir dans l'herbe, ne voulant pas déranger les deux fillettes au vieux château, et se faisant un plaisir de reposer à
la franche étoile en cette douce saison de
printemps.

Leur idée me sembla bonne, et le gazon
frais meilleur que le foin échauffé, en
quelque grenier, par une trentaine de
camarades. Je m'étendis donc à leurs
côtés, et, regardant les petits nuages

blancs dans le ciel clair, respirant l'au-
bépine, et songeant à Thérence, je m'en-
dormis du meilleur somme que j'eusse
jamais fait.

J'ai toujours été franc dormeur et m'en
suis rarement tiré de moi-même dans ma
jeunesse. Mes deux camarades de lit,
ayant beaucoup marché pour venir au
Chassin, laissèrent aussi lever le soleil, et
s'éveillèrent en riant de se voir devancés
par lui, ce qui ne leur arrivait pas souvent. Ils s'égayèrent encore davantage
en regardant comme je m'y prenais pour
ne pas tomber dans la ruelle, en ouvrant
les yeux sans savoir où j'étais.

— Or çà, dit Huriel, debout, mon garçon, car nous voilà en retard. Sais-tu une
chose? C'est que nous sommes aujour-
d'hui au dernier jour de mai, et que c'est
chez nous la coutume d'attacher le bouquet à la porte de la bonne amie, quand
on ne s'est pas trouvé à même de le faire
au premier jour du mois. Il n'y a point de
risque qu'on nous ait prévenus, puisque,
d'une part, on ne sait point où sont logées
ma sœur et ta cousine, et que, de l'autre, on
ne pratique pas chez vous ce bouquet du *revenez-y*. Mais nos belles sont peut-être déjà
éveillées, et si elles sortent de leur chambre
avant que le mai soit planté à l'huisserie,
elles nous traiteront de paresseux.

— Comme cousin, répondis-je en riant, je te permets bien de planter ton mai, et comme frère, ta permission serait bonne pour le mien ; mais voilà le père qui n'entend peut-être pas de la même oreille.

— Si fait! dit le grand bûcheux. Huriel m'a dit quelque chose de cela. Essayer n'est pas difficile ; réussir, c'est autre chose ! Si tu sais t'y prendre, nous verrons bien, mon enfant. Cela te regarde !

Encouragé par son air d'amitié, je courus au buisson voisin et coupai, bien gaiment, tout un jeune cerisier sauvage en fleurs, tandis qu'Huriel qui s'était, à l'avance, pourvu d'un de ces beaux rubans tissus de soie et d'or qu'on vend dans son pays, et que les femmes mettent sous leurs coiffes de dentelle, mêlait de l'épine blanche avec de l'épine rose et les nouait en un bouquet digne d'une reine.

Nous ne fîmes que trois enjambées du pré au château, et le silence qui y était nous assura que nos belles dormaient encore, sans doute pour avoir causé ensemble une bonne partie de la nuit; mais notre étonnement fut grand lorsqu'entrant dans le préau, nous vîmes un superbe mai tout chamarré de rubans blanc et argent, pendu à la porte que nous pensions étrenner.

— Oui-dà! dit Huriel, se mettant en devoir d'arracher cette offrande suspecte, et regardant de travers son chien qui avait passé la nuit dans le préau. Comment donc avez-vous gardé la maison, maître *Satan?* Avez-vous fait déjà des connaissances dans le pays, que vous n'avez pas mangé les jambes de ce planteur de mai?

— Un moment, dit le grand bûcheux, arrêtant son fils qui voulait ôter le bouquet : il n'y a, par ici, qu'une connaissance que *Satan* soit capable de respecter et qui sache la coutume du *revenez-y,* pour l'avoir vue pratiquer chez nous. Or, tu as promis, à celui-là justement, de ne le

point contrecarrer. Contente-toi donc de
plaire sans le faire prendre en déplai-
sance, et respecte son offrande, comme
sans doute, il eût respecté la tienne.

— Oui, mon père, dit Huriel, si j'é-
tais sûr que ce fut lui ; mais qui nous dit
que ce ne soit pas quelqu'autre ? et pour
Thérence peut-être ?

Je lui observai que personne ne connaissait Thérence et ne l'avait peut-être encore vue, et, en regardant les fleurs de
nénuphar blanc qui étaient là liées en
gerbes et fraîchement arrachées, je me
rappelai que ces plantes n'étaient pas com-
munes dans l'endroit et ne poussaient
guère que dans les marais du Lajon, o

j'avais vu Joseph s'arrêter. Sans doute, au lieu de s'en aller à Saint-Chartier, il était revenu sur ses pas, et il avait même fallu qu'il entrât bien avant dans l'eau et dans le sable mouvant, qui y est dangereux, pour en retirer une si belle provision.

— Allons, dit Huriel en soupirant, c'est donc que la bataille commence entre nous ! Et il attacha son maí d'un air soucieux que je trouvai bien modeste de sa part, car il me semblait pouvoir être sûr de son fait et ne craindre personne. J'aurais bien voulu être aussi assuré de ma chance auprès de sa sœur, et, en plantant mon bouquet, le cœur me battait comme si je l'eusse sentie derrière la porte, toute prête à me le jeter à la figure.

Aussi devins-je pâle quand cette porte s'ouvrit; mais ce fut Brulette qui parut la première, donna le baiser du matin au grand bûcheux, une poignée de main à moi, et montra une mine tout enrougie d'aise à Huriel, à qui elle n'osa cependant rien dire.

— Oh! oh! mon père, dit Thérence, arrivant aussi et embrassant bien fort le grand bûcheux : vous avez donc fait le jeune homme toute la nuit? Allons, entrez, que je vous fasse déjeûner. Mais, auparavant, laissez-moi regarder ces bouquets. Trois, Brulette? oh! comme vous

y allez, mignonne! Est-ce que cette pro-
cession-là va durer tout le matin ?

— Deux seulement pour Brulette, répondit Huriel; le troisième est pour toi,
ma sœur. Et il lui montra mon cerisier,
si chargé de fleurs, qu'il avait déjà fait une
pluie blanche sur le seuil de la porte.

— Pour moi? dit Thérence étonnée.
C'est donc toi, frère, qui as craint de me
rendre jalouse de Brulette?

— Un frère n'est pas si galant que ça,
dit le grand bûcheux. N'as-tu donc aucune doutance d'un amoureux craintif et
discret, qui serre les dents au lieu de se
déclarer?

Thérence regarda autour d'elle, comme si elle cherchait quelque autre que moi, et, quand elle arrêta ses yeux noirs sur ma figure déconfite et sotte, je crus qu'elle allait rire, ce qui m'eut percé le cœur. Mais elle n'en fit rien, et rougit même un si peu. Puis, me tendant la main bien franchement : « Merci, Tiennet, fit-elle. Vous avez voulu me marquer votre souvenir, et je l'accepte, sans plus m'en faire accroire qu'il ne faut pour un bouquet.

— Eh bien, dit le grand bûcheux, si tu l'acceptes, ma fille, il t'en faut, selon l'usage, attacher un brin sur ta coiffe !

— Mais, non, répondit Thérence; cela pourrait fâcher quelque fille du pays, et je ne veux point que ce bon Tiennet ait à se repentir pour m'avoir fait une politesse.

— Oh! ça ne fâchera personne, m'é- criai-je; et si ça ne vous fâche point vous-même, ça me contentera gran- dement.

— Soit! dit-elle, en cassant une petite branche de mes fleurs, qu'elle s'attacha d'une épingle sur la tête. Nous ne sommes ici qu'au Chassin, Tiennet; si nous étions en votre endroit, j'y ferais plus de fa- çons, crainte de vous brouiller avec quel- que payse.

— Brouillez-moi avec toutes, Thérence, je ne demande pas mieux.

— Pour cela, dit-elle, ce serait aller trop vite. Quand on dépouille son prochain, il faut le dédommager, et je ne vous connais pas assez, Tiennet, pour dire que nous y gâgnerions tous les deux. Puis, détournant ce propos, avec l'oubli d'elle-même, qu'elle faisait si naturellement : — C'est à ton tour, mignonne, dit-elle à Brulette ; quel remerciement vas-tu faire de ces deux Mais ? et dans lequel choisiras-tu ton fleuron ?

— Dans aucun, si je ne sais d'où ils me viennent, répondit ma prudente cousine. Parlez donc, Huriel, et m'empêchez de faire une méprise.

— Je ne peux rien dire, dit Huriel, sinon que voilà le mien.

— Alors, je le prends tout entier, fit-elle en le détachant ; et quant à ce bouquet de rivière, m'est avis qu'il se déplait bien, pendu à ma porte. Il se trouvera mieux dans le fossé. « Parlant ainsi, elle orna sa coiffe et son corsage des fleurs d'Huriel, et après avoir serré le restant dans sa chambre, elle se disposait à jeter l'autre dans le reste d'ancien fossé, qui séparait le préau du petit parc. Mais comme elle y portait la main, Hu-

riel s'étant refusé à faire une telle insulte à son rival, un son de musette
sortit du bois dont le taillis serrait la
petite cour en face de nous, et quelqu'un
qui, par conséquent, se trouvait caché
assez près pour entendre et voir toutes
choses, joua l'air des *Trois Fendeux*, du
père Bastien.

Il le joua d'abord tel que nous le con-
naissions, et ensuite un peu différemment,
d'une façon plus douce et plus triste, et
enfin le changea du tout au tout, variant
les modes et y mêlant du sien, qui n'était
pas pire, et qui même semblait soupirer et
prier d'une manière si tendre qu'on ne se
pouvait tenir d'en être touché de compas-

sion. Ensuite, il le prit sur un ton plus fort et plus vif, comme si c'était une chanson de reproche et de commandement, et Brulette, qui s'était avancée et arrêtée au bord du fossé, prête à y jeter le Mai, mais ne s'y pouvant décider, recula comme effrayée de la colère qui était marquée dans cette musique. Alors Joseph, écartant les broussailles avec ses pieds et ses épaules, parut sur le revers du fossé, l'œil en feu, sonnant toujours, et semblant, par son jeu et sa mine, menacer Brulette d'un grand désespoir, si elle ne renonçait point à l'affront qu'elle avait eu dessein de lui faire.

VINGT·SIXIÈME VEILLÉE

VINGT-SIXIÈME VEILLÉE.

Brave musique et grand sonneur ! s'écria le grand bûcheux, battant des mains quand ce fut fini. Voilà du bon et du beau, Joseph, et on se peut consoler de tout quand on tient comme ça le dragon

par les cornes. Viens ici qu'on te compli-
mente!

— On ne se console pas d'une insulte,
mon maître, répondit Joseph, et il y aura,
pour toute la vie, un fossé plein d'é-
pines entre Brulette et moi, si elle jette
dans celui - ci les fleurs de mon offrande.

— A Dieu ne plaise, répondit Brulette,
que je paie si mal une si belle aubade!
Viens ici, Joset; il n'y aura jamais d'épines
entre nous, que celles que tu y planterais
toi-même.

Joseph, brisant, comme un sanglier, les
ronces drues comme un filet qui le rete

naient sur la berge du fossé, et voltigeant
sur la vase qui en verdissait le fond, sauta
dans le préau, et, prenant le bouquet dans
les mains de Brulette, il en arracha des
fleurs qu'il lui voulut placer sur la tête, à
côté de l'épine blanche et rose d'Huriel.
Il agissait ainsi d'un air d'orgueil, et
comme un homme qui a gagné le droit
d'imposer sa volonté ; mais Brulette, l'arrêtant, lui dit : — Un moment, Joseph ;
j'ai mon idée, et c'est à toi de t'y soumettre. Tu dois être bientôt reçu maître sonneur, et puisque le bon Dieu m'a rendue
si sensible à la musique, c'est que je m'y
entends un peu sans avoir rien appris.
J'ai donc fantaisie de faire ici un concours

et d'y récompenser celui qui s'y compor-
tera le mieux. Donne ta musette à Huriel
et qu'il fasse sa preuve, comme tu viens de
faire la tienne.

— Oui, oui, j'y consens tout à fait, s'é-
cria Joseph, dont la figure brilla de défi. A
ton tour, Huriel! et fais parler cette peau
de bouc comme le gosier d'un rossignol, si
tu peux!

— Ce ne sont pas là nos conditions, Joseph, répondit Huriel. Tu as dit que tu me
laisserais la parole et j'ai parlé! Je te laisse
la musique, où je reconnais que tu es au-
dessus de moi. Reprends donc ta musette

et parle encore eu ton langage : personne ici ne se lassera de t'entendre.

— Puisque tu te confesses vaincu, reprit Joseph, je ne jouerai plus que par commandement de Brulette.

— Joue, lui dit-elle ; et, tandis qu'il sonnait encore merveilleusement, elle tressa une guirlande des fleurs de nénuphar blanc avec les rubans argentés qui liaient la gerbe. La chanterie de Joseph achevée, elle vint à lui et enroula cette guirlande autour du bourdon de sa cornemuse, en lui parlant ainsi :

— Joset, le beau sonneur, je te reçois maître en sonnerie et t'en donne le prix.

Que ce gage te porte bonheur et gloire, et qu'il te marque l'estime que je fais de tes grands talents.

— Oui, oui, c'est bien! dit Joseph. Merci, ma Brulette! Achève donc de me rendre fier et content, en gardant pour toi une de ces fleurs que tu me donnes. Cueille sur moi la plus belle et la mets vîtement sur ton cœur, si tu ne la veux mettre sur ton front.

Brulette sourit en rougissant, et, belle comme un ange, regarda Huriel, qui pâlissait et se jugeait perdu. — Joseph, répondit-elle, je t'ai donné là une belle maîtrise, celle de la musique! Il t'en faut

contenter et ne point demander la maîtrise d'amour, qui ne se gagne point par
force ni par science, mais par la volonté
du bon Dieu.

La figure d'Huriel s'éclaircit, et celle de
Joseph s'embrâsa. — Brulette, s'écria-
t-il, il faudra que la volonté du bon Dieu
soit la mienne !

— Oh doucement ! dit-elle ; lui seul est
le maître, et voilà un de ses petits anges
qui ne doit point entendre de paroles
contraires à la religion.

Elle disait cela, recevant dans ses bras
Charlot, bondissant après elle comme un

agneau vers sa mère. Thérence, qui était rentrée en la chambre, pendant la sonnerie de Joseph, venait de le lever, et, sans prendre le temps de se laisser habiller, il accourait, quasi nu, embrasser sa mignonne, avec un air de maître et de jaloux qui se moquait bien des prétentions des amoureux.

Joseph qui avait oublié tous ses soupçons et qui se croyait abusé par la lettre du fils Carnat, se recula du passage de Charlot, comme si ce fut un serpent; et quand il le vit échanger avec Brulette des caresses si vives, l'appelant mère mignonne et maman au petit Charlot, il lui passa un vertige devant les yeux comme

s'il allait tomber en pamoison ; mais, tout
aussitôt, transporté de colère, il s'élança
sur l'enfant, et, l'attirant à lui très bru-
talement : — Voilà donc enfin la vérité
qui se montre? dit-il d'une voix suffoquée ;
voilà le jeu qu'on fait de moi, et la maîtrise d'amour qui m'a devancé!

Brulette, effrayée de la colère de Joseph et des cris de Charlot, voulut le lui
reprendre ; mais, ne se connaissant plus,
il le tirait à lui, riant d'une manière farouche, et disant qu'il le voulait regarder tout son saoûl pour en trouver la ressemblance ; et, dans ce débat, il serrait
l'enfant sans y songer et l'étouffait, au
désespoir de Brulette, qui, n'osant pas

ajouter, par sa défense, au risque qu'il y courait, se jeta toute pâmée vers Huriel en lui disant : — Mon enfant, mon enfant ! il me tue mon pauvre enfant !

Huriel n'y alla pas par deux fois. Il empoigna Joseph par la nuque et le serra si vîte et si fort, que ses bras raidis se desserrant, je pus recevoir Charlot dans les miens et le rapporter quasi évanoui à Brulette.

Joseph faillit s'évanouir aussi, autant de l'accès de rage qui lui était venu, que de la manière dont Huriel l'avait empoigné. Il s'en serait suivi une bataille, et le grand bûcheux se jetait déjà au milieu,

si Joseph eût compris ce qui s'était passé;
mais il ne se rendait compte de rien, sinon
que Brulette était mère et qu'il avait été
trompé par elle et par nous. — Vous ne
vous en cachez donc plus? lui dit-il
avec des mots entrecoupés d'un reste d'é-
touffement.

— Qu'est-ce que vous prétendez donc
me dire? répliqua Brulette, qui était toute
en larmes, assise sur le gazon, et adou-
cissant avec ses mains les meurtrissures
que Charlot avait reçues aux bras. Vous
êtes un fou très méchant, voilà tout ce
que je sais. Ne vous approchez plus de
moi, et n'ayez jamais le malheur de bru-

IV   9

taliser cet enfant, si vous ne voulez que Dieu vous maudisse !

— Un seul mot, Brulette! dit Joseph, Si vous êtes sa mère, confessez-le. Vous aurez ma pitié et mon pardon; je vous soutiendrai même, au besoin; mais si vous ne pouvez le nier que par un mensonge..... vous aurez mon mépris et mon oubli !

— Sa mère? moi, sa mère? s'écria Brulette en se relevant comme pour repousser Charlot. Vous croyez que je suis sa mère? dit-elle encore, en reprenant contre son cœur le pauvre enfant, cause de tant de soucis. Alors elle regarda d'un air égaré autour d'elle, et, cherchant Huriel des yeux, est-il possible, s'écria-t-elle, que l'on pense de moi une pareille chose?

— La preuve qu'on ne le pense pas, répondit Huriel en s'approchant d'elle et en caressant Charlot, c'est qu'on aime l'enfant que vous aimez.

— Dites mieux, mon frère, s'écria vivement Thérence, dites ce que vous me disiez hier : « Qu'il soit à elle ou non, il sera mien si elle veut être mienne. »

Brulette jeta ses deux bras au cou d'Huriel, et s'y tenant attachée comme une vigne à un chêne — soyez donc

mon maître, dit-elle, car je n'en ai
jamais eu et n'en aurai jamais d'autre
que vous.

Joseph regardait cet accord soudain
dont il était la cause, avec une douleur
et un regret si grands qu'il faisait peine
à voir. Le cri de vérité de Brulette l'a-
vait saisi, et il croyait avoir rêvé l'offense qu'il venait de lui faire. Il sentit que tout était fini entre eux, et,
sans dire une parole, il ramassa sa musette et s'enfuit.

Le grand bûcheux courut après lui et
le ramena, disant : Non, non, ce n'est
pas comme cela qu'il faut se quitter, après

une amitié d'enfance. Abaisse ton orgueil,
Joseph, et demande pardon à cette honnête fille. C'est ma fille, à cette heure,
l'accord en est fait, et j'en suis fier; mais
il faut qu'elle reste ta sœur. On pardonne
à un frère ce qu'on ne peut pardonner à
un amant.

— Qu'elle me pardonne si elle veut et
si elle peut! dit Joseph; mais si je suis
coupable, je ne peux recevoir l'absolution
que de moi-même. Haïssez-moi, Brulette,
cela me vaudra peut-être mieux. Je vois
bien que j'ai fait de moi-même ce qu'il
fallait pour me perdre dans votre esprit.
Il n'y a pas à en revenir; mais si je vous

fais pitié, ne me le dites pas. Je ne vous demande plus rien.

— Cela ne serait pas arrivé, répondit Brulette, si vous aviez fait votre devoir, qui était d'aller embrasser votre mère. Allez-y, Joseph, et surtout ne lui dites pas de quoi vous m'avez accusée ; vous la feriez mourir de chagrin.

— Ma chère fille, reprit encore le grand bûcheux, retenant toujours Joseph, j'ai idée qu'il ne faut gronder les enfants que quand ils sont dans un état tranquille. Autrement, ils entendent de travers ce qu'on leur dit, et ne profitent point des reproches. Pour moi, Joseph a des moments de folleté, et s'il n'en fait pas amende honorable aussi aisément qu'un autre, c'est peut-être qu'il sent beaucoup son tort et souffre plus de son propre blâme que de celui d'autrui. Donnez-lui l'exemple de la raison et de la bonté. Il n'est pas malaisé de pardonner quand on est heureux, et vous devez vous sentir contente d'être aimée comme vous l'êtes ici. Davantage ne serait pas possible, car je sais de vous, à présent, des choses qui me font vous tenir en si haute estime que voilà des mains qui tordraient le cou à quiconque vous insulterait délibérément ; mais il n'en est point ainsi de l'insulte de Joseph. Elle est partie de la fièvre et non

de la réflexion, et la honte l'a suivie de si
près que son cœur vous en fait, à cette
heure, parfaite réparation. Allons, Joseph,
un mot de ta signature à la fin de mon
discours ; je ne t'en demande pas plus, et
Brulette s'en contentera, n'est-ce pas, ma
fille ?

— Vous ne le connaissez guère si vous
croyez qu'il le dira, mon père, répondit
Brulette ; mais je ne l'exige pas, parce
que, avant tout, je vous veux contenter.
Par ainsi, Joseph, je te pardonne, encore
que tu n'y tiennes point. Reste déjeûner
avec nous, et parlons d'autre chose ; ce
qui a été dit est oublié.

Joseph ne dit mot, mais il ôta son chapeau et posa son bâton comme décidé à rester. Les deux jeunes filles rentrèrent en la maison pour apprêter le repas, et Huriel, qui avait grand soin de son cheval, se mit à l'étriller et à le panser. Je m'occupai de Charlot que Brulette m'avait confié, et le grand bûcheux, voulant distraire Joseph, lui parla musique et loua beaucoup l'arrangement qu'il avait donné à sa chanson.

— Ne me parlez plus de cette chanson-là, lui dit Joseph. Elle ne me rappellerait que des peines, et je la veux oublier.

— Eh bien, dit le grand bûcheux,

joue-moi quelque autre chose de ton in-
vention, et là, tout de suite, comme l'i-
dée t'en viendra.

Joseph s'éloigna avec lui dans le parc,
et nous l'entendîmes sonner des airs si
tristes et si plaintifs, qu'il semblait d'une
âme prosternée dans le repentir et la con-
trition. — L'entends-tu ? dis-je à Brulette.
Voilà sa manière de se confesser, sans
doute, et si le chagrin est une réparation, il te la donne de son mieux.

— Je ne crois pas à un bien tendre
cœur sous une si rude fierté, répondit
Brulette ; je suis, à présent, comme Thérence : un peu de tendresse m'attire plus

qu'un beau savoir ; mais j'ai pardonné, et si ma pitié n'est pas aussi grande que Joseph la réclame en son langage, c'est parce que je lui connais une consolation dont mon oubli ne le privera point : c'est l'estime que les autres et lui-même feront de ses talents. Si Joseph n'y tenait pas plus qu'à l'amitié, il n'aurait pas la langue muette et l'œil sec devant les reproches de l'amitié. On ne sait bien demander que ce dont on a grand besoin.

— Eh bien, dit le grand bûcheux, revenant seul du parc, l'avez-vous écouté, mes enfants ? Il a dit tout ce qu'il pouvait et voulait dire, et, content de m'avoir tiré les larmes des yeux avec ses inventions, il s'en va plus tranquille.

— Vous ne l'avez pas pu garder à déjeûner, pas moins ! dit Thérence en souriant.

— Non , répondit le père. Il a trop bien sonné pour n'être pas consolé aux trois quarts , et il a mieux aimé partir là-dessus , que sur quelque sottise qu'il aurait pu dire à table.

VINGT·SEPTIÈME VEILLÉE

VINGT-SEPTIÈME VEILLÉE.

Quand nous fûmes au repas, nous nous sentions tous soulagés de l'appréhension de la veille, par rapport à la fâcherie d'Huriel et de Joseph, et, comme Thérence montrait bien, soit en sa présence, soit en son absence, qu'elle n'avait pour lui aucun ressentiment, bon ou mauvais du passé, je me trouvais, ainsi qu'Huriel et le grand bûcheux, en idées riantes et tranquilles. Charlot, se voyant choyé et caressé de tout le monde, commençait à oublier l'*homme* qui l'avait épeuré et meurtri. De temps en temps, il se retournait encore au moindre bruit, et Thérence le consolait en riant et en lui disant qu'il était parti et ne reviendrait plus. Nous étions là comme une seule famille, et, tout en servant Thérence avec grand respect, je me disais que j'aurais le vouloir moins impérieux et plus patient avec mes amours, que Joseph avec les siennes.

Brulette seule demeurait soucieuse et accablée, comme si elle eût reçu dans le cœur un mauvais coup. Huriel s'en inquiétait ; le grand bûcheux, qui connaissait bien l'âme humaine dans tous ses plis, et qui était si bon que sa figure et sa parole mettaient du miel dans toutes les amertumes, lui prit ses petites mains, et attirant sa jolie tête sur son cœur, lui dit, à la fin du repas : — Brulette, nous avons une prière à t'adresser, et si tu as l'air triste et inquiète, voilà mon fils et moi qui n'oserons. Ne veux-tu point nous donner un sourire d'encouragement ?

— Parlez, mon père, et commandez-moi, répondit Brulette.

— Eh bien, ma fille, il faut que tu sois consentante de nous présenter dès demain à ton grand-père, à seules fins qu'il agrée mon Huriel pour son petit-fils.

— C'est trop tôt, mon père, répondit Brulette, répandant encore quelques armes ; ou pour mieux dire, c'est trop tard. Car si vous m'aviez commandé cela, il y a une heure, avant que Joseph lâchât de certaines paroles devant moi, j'eusse été consentante de bon cœur. A présent, j'aurais honte, je vous le confesse, d'accepter si librement la foi d'un honnête homme, quand je vois que je ne passe point pour une honnête fille. Je savais bien qu'on m'avait reproché une

humeur légère et des goûts de coquetterie.
Votre fils, lui-même, m'avait doucement
tancée là-dessus, l'an dernier. Thérence
m'en blâmait, tout en me donnant son
amitié. Aussi, voyant qu'Huriel avait tant
de courage pour me quitter sans me demander rien, j'avais fait de grandes réflexions. Le bon Dieu m'y avait aidée, en
m'envoyant la charge de ce petit enfant
qui ne me plaisait pas d'abord et que j'aurais peut-être refusé, si, à mon devoir, ne
se fût mêlé l'idée que par un peu de souffrance et de vertu, je serais plus digne
d'être aimée que par mon babillage et mes
toilettes. Je pensais donc d'avoir réparé
mes années d'insouciance, et d'avoir mis

sous mes pieds le trop grand amour de ma
petite personne. Je me voyais bien criti-
quée et délaissée chez nous ; je m'en con-
solais en me disant : s'il revient, lui, il
verra bien que je ne mérite pas d'être blâ-
mée pour être devenue raisonnable et sérieuse. Mais voilà que j'apprends bien autre chose, autant par la conduite de Joseph que par la parole de Thérence. Ce
n'était pas seulement Joseph qui me
croyait égarée depuis longtemps, c'était
Huriel aussi, puisqu'il avait l'amour assez
fort et le cœur assez grand pour dire hier
à sa sœur : fautive ou non fautive, je l'aime et la prends comme elle est. Ah ! Huriel, je vous en remercie ! mais je ne veux

pas que vous m'épousiez avant de me connaître. Je souffrirais trop de vous voir
critiqué comme vous allez l'être, sans
doute, à cause de moi. Je vous respecte
trop pour laisser dire que vous endossez
la paternité d'un champi. Allons! convenez qu'il faut que j'aie été bien légère dans
mes allures d'autrefois, pour donner prise
à une pareille accusation! Eh bien, je
veux que vous me jugiez par ma conduite
de tous les jours, et que vous sachiez que
je ne suis pas seulement belle danseuse à
la noce, mais bonne gardienne de mon
devoir à la maison. Nous viendrons demeurer ici, comme vous le souhaitez; et,
dans un an, si je ne suis pas maîtresse de

vous prouver que je n'ai pas à rougir de
mes soins pour Charlot, du moins, je vous
aurai donné, par toutes mes actions, la
preuve que je suis raisonnable dans mes
esprits autant que saine dans ma conscience.

Huriel arracha Brulette des bras de son
père, embrassa dévotement les larmes
qui coulaient de ses beaux yeux, et la
replaçant où il l'avait prise : — Bénissez-
la donc bien, mon père, dit-il; car vous
voyez si je vous ai menti en vous disant
qu'elle en était digne. Elle a très bien
parlé, cette chère langue dorée, et il n'y
a rien à lui répondre, sinon que nous n'a-
vons pas besoin d'un an ni même d'un

jour d'épreuve, et que nous irons, dès ce
soir, la demander à son grand-père ; car
de passer encore une nuit dans l'attente
de ce consentement, je ne m'en sens pas
le courage, à présent que je n'ai plus
que cela à obtenir pour me sentir le roi
du monde.

— Voilà donc, dit le père Bastien à Brulette, ce que tu as gagné à chercher du
répit? Au lieu de te demander demain,
nous te demanderons aujourd'hui. Allons,
mon enfant, il t'y faut soumettre et c'est
le châtiment de ta mauvaise conduite dans
le temps passé.

Le contentement s'épanouit enfin sur

le visage de Brulette, et le mal que lui
avait fait Joseph fut oublié. Cependant,
quand nous quittâmes la table, il lui en
vint encore un retintement. Charlot entendant Huriel appeler le grand bûcheux
mon père, l'appela de même, et en fut d'autant mieux caressé; mais Brulette s'en af-
fligea encore un brin. — Ne faudrait-il pas,
dit-elle, se donner enfin la peine d'inven-
ter une parenté à ce pauvre enfant? car
chaque fois, à présent, qu'il m'appellera
sa mère, il me semblera qu'il fait souffrir
ceux qui m'aiment.

On allait encore la rassurer sur ce
point, lorsque Thérence dit : — Parlez
plus bas, nous sommes écoutés. — Et,

tournant tous, comme elle, nos yeux du côté du portail, nous vîmes le bout d'un bâton appuyé à terre et la renflure d'une besace pleine, qui dépassaient le mur et marquaient bien qu'un mendiant était là, attendant qu'on fit attention à lui, et pouvant entendre des choses qui ne le regardaient point.

Je m'avançai vers lui et reconnus le carme Nicolas, qui, tout aussitôt s'approchant, nous confessa, sans embarras, qu'il nous écoutait depuis un quart d'heure et y avait même pris beaucoup de plaisir.

— Il me semblait bien connaître la voix d'Huriel, dit-il; mais, en faisant ma tournée, je m'attendais si peu à le trouver céans, mes chers amis, que je n'en aurais pas été certain, sans diverses choses qui se sont dites ici, et où Brulette sait bien que je ne suis pas de trop.

— Nous le savons aussi, dit Huriel.

— Vous? fit le moine. Oui, cela doit être!

— Et cela est, parce que la tante m'a tout confié hier soir, dit Huriel à Brulette. Vous voyez, mignonne, que je n'ai pas tant de mérite à vous croire.

— Oui, dit Brulette bien soulagée, mais hier matin!... Eh bien, puisque vous voilà instruit de mes affaires, ajouta-t-elle

en parlant au moine, que me conseillez-
vous, frère Nicolas? Vous qui avez été
employé dans celles de Charlot, ne trouve-
rez-vous pas quelque histoire à répandre
pour couvrir le secret de ses parents et
réparer le dommage fait à mon honneur ?

— Une histoire? dit le carme. Moi,
conseiller et aider le mensonge? Je ne
suis point de ceux qui se peuvent damner pour l'amour des jolies filles, ma mie!
Il ne m'en reviendrait rien. Il faudra donc
que je vous aide autrement, et j'y ai déjà
travaillé plus que vous ne pensez. Ayez
patience, et tout s'arrangera aussi bien
qu'une autre affaire, où maître Huriel

sait bien que je n'ai pas été mauvais ami.

— Je sais que je vous dois le repos et
la sûreté de ma vie, lui répondit Huriel.
Aussi, qu'on dise des moines ce qu'on
voudra. J'en sais au moins un, pour qui
je me ferais couper en quatre. Asseyez-
vous donc, mon frère, et passez avec nous
la journée. Ce qui est à nous est à vous,
et la maison où nous sommes est aussi la
vôtre.

Thérence et le grand bûcheux allaient
faire aussi leurs honnêtetés au bon frère,
quand ma tante Marghitonne arriva et ne
nous voulut plus souffrir ailleurs qu'avec
elle. On allait faire la cérémonie du

chou, qui est la grande farce ancienne du lendemain des noces, et déjà la promenade commençait et venait de notre côté. On buvait, chantait et dansait à chaque repos. Il n'y avait plus moyen pour Thérence de se tenir à l'écart, et elle accepta mon bras pour aller au devant du cortège, tandis qu'Huriel y menait Brulette. Ma tante se chargea du petit, et le grand bûcheux, entraînant le carme, le décida aisément à se divertir en bonne compagnie.

Le gars qui jouait le personnage du jardinier, ou, comme on dit encore chez nous, du payen, sur la civière, était orné d'une manière qui étonnait bien le monde. Il avait ramassé, auprès du petit parc, une

belle guirlande de nénuphars liée de rubans d'argent, et s'en était fait une ceinture sur sa bosse de filasse. Il ne nous
fallut pas grand temps pour la reconnaître. Joseph l'avait perdue ou jetée en
se retirant de nous. Les rubans faisaient
envie aux filles de la noce, qui délibé-
rèrent de ne les point laisser gâter, et,
se jetant toutes sur le payen, encore qu'en
se défendant, il en embrassat plus d'une
avec son museau barbouillé de lie, elles
l'en dépouillèrent et se firent le partage
de cette riche livrée de mariage. Ainsi les
rubans dépecés de Joseph brillèrent tout
le jour sur la coiffe des plus fraîches
fillettes de l'endroit et firent encore un

meilleur usage qu'il ne pensait, en les laissant sur le chemin.

La comédie donnée de porte en porte dans le village fut aussi folle que de coutume et se termina par un grand repas et des danses jusqu'à la nuit. Après quoi, prenant congé, Brulette et moi, accompagnés du grand bûcheux, de Thérence et d'Huriel, nous partîmes pour Nohant avec le moine en tête, qui conduisait le clairin par la bride, et sur le clairin, le gros Charlot, un peu grisé de tout ce qu'il avait vu, riant comme un fou, et s'essayant à chanter comme il avait entendu faire tout le jour.

Encore que la jeunesse d'aujourd'hui

soit bien dégénérée, vous avez tant de
fois vu des fillettes de quinze ans faire
cinq lieues le matin et autant le soir sur
leurs jambes, pour une journée de danse
par la plus forte chaleur, que vous ne
penserez point que nous arrivâmes chez
nous rendus de fatigue. Tout au contraire,
nous avions encore dansé à quatre, plus
d'une fois, le long du chemin, le grand
bûcheux sonnant de la musette, Charlot
dormant sur le cheval, et le carme nous
traitant de fous, nous grondant, et ne se
pouvant retenir de rire et de frapper des
mains pour nous exciter.

Enfin nous étions à la porte de Brulette
sur les dix heures du soir, et le père Brulet

dormait en son lit, quand la joyeuse compagnie entra dans la chambre. Comme il était pas mal sourd et dormait dur, Brulette coucha le petit, nous servit un bout de collation, et se consulta avec nous sur le réveil qu'on lui ferait, avant qu'il eût fini son premier somme.

A la fin, il se retourna de notre côté, vit la lumière, reconnut sa fille et moi, s'étonna des autres, et, s'asseyant sur son lit, d'un air aussi sérieux qu'un juge, écouta le discours que lui fit un peu haut et en peu de paroles, mais bien honnêtement, le grand bûcheux. Le carme, en qui le père Brulet avait toute confiance, y ajouta l'éloge de la famille Huriel, et

Huriel déclara son inclination et tous ses bons sentiments pour le présent et l'avenir.

Le père Brulet écouta le tout sans dire un mot, et j'avais crainte qu'il n'y eût rien compris ; mais encore qu'il parût rêver, il avait son entendement libre et répondit en homme sage, qu'il reconnaissait très bien dans le grand bûcheux le fils d'un ancien ami ; qu'il faisait grand état de toute la famille ; qu'il estimait le frère Nicolas digne de foi, et que, par dessus tout, il se fiait à l'esprit et au fin jugement de sa petite-fille. Selon lui, elle n'avait pas tant retardé son choix et refusé de si beaux partis, pour finir par une sottise, et puisqu'elle souhaitait épouser Huriel, Huriel devait être un bon mari.

Il parlait d'une manière avisée, et pourtant sa mémoire lui faisait défaut sur un point qui lui revint au moment où nous nous retirions; c'est qu'Huriel était un muletier : — Et c'est là, dit-il, le seul point qui me fâche... Ma petite fille s'ennuiera donc seule à la maison les trois quarts de l'année?

On le consola bien en lui apprenant qu'Huriel avait quitté son état pour se mettre au fendage, et il agréa l'idée d'aller travailler au Chassin pendant la bonne saison.

Nous nous départîmes donc tous contents

les uns des autres. Thérence resta avec Brulette, et j'emmenai les autres à mon logis.

Nous apprîmes, le lendemain soir, par
le carme qui s'était promené tout le jour,
que Joseph, lequel n'avait point paru au
bourg de Nohant, était allé passer une
heure avec sa mère, après quoi il s'était
mis en route pour courir les environs,
disant que son idée était de rassembler les
sonneurs du pays en un concours où il
demanderait la maîtrise et le droit pour
pratiquer. La Mariton était bien en peine
de cette résolution-là, pensant que les
Carnat et toute la bande des ménétriers
du pays, qui était déjà plus nombreuse
que de besoin, s'y montreraient contraires

et lui causeraient du trouble et du tort. Mais Joseph ne l'avait point écoutée, disant toujours qu'il la voulait retirer de servitude et emmener au loin avec lui, encore qu'elle n'y parût point disposée comme il l'eût souhaité.

Le surlendemain, tous nos apprêts étant faits, et les premiers bans d'Huriel et de Brulette déjà publiés au prône de notre paroisse, nous retournâmes tous au Chassin. C'était comme le départ pour un pélerinage au bout du monde. Comme il nous fallait emporter du mobilier et que Brulette voulait que son grand-père ne manquât de rien, nous avions loué une charrette, et tout le village ouvrait de grands yeux, à nous voir emporter de sa maison jusqu'aux paniers. Elle n'oublia ni ses chèvres ni ses poules, que Thérence se réjouissait d'avoir à soigner, elle qui ne connaissait pas le gouvernement des bêtes et qui disait vouloir l'apprendre pendant que l'occasion s'en trouvait.

Cela me fournit celle de m'offrir en plaisanterie à sa gouverne, comme la plus soumise et fidèle bête de tout le troupeau. Elle ne s'en fâcha pas, mais ne m'encouragea point à passer du badinage au sérieux. Seulement, il me sembla bien qu'elle n'était pas mécontente de me voir quitter si gaîment pays et famille pour la suivre, et que, si elle ne m'attirait pas, elle ne me repoussait pas non plus.

Au moment où le vieux Brulet et les femmes, avec Charlot, montaient sur la voiture, Brulette étant fière de s'en aller avec un si bel amoureux, à la barbe de tous les amoureux qui l'avaient méconnue, le carme vint comme pour nous dire adieu, et jouta pour les oreilles des curieux : « Au fait, je vas de votre côté, et ferai un bout de chemin avec vous. »

Il monta auprès du père Brulet, et au bout d'une lieue, dans un chemin couvert, il fit arrêter. Huriel conduisait son Clairin qui était aussi bon au tirage qu'au transport, et nous marchions un peu en avant, le grand bûcheux et moi. Voyant la voiture retardée, nous retournâmes, pensant que ce fut quelqu'accident, et vîmes Brulette tout en pleurs, embrassant Charlot qui s'attachait à elle en faisant de grands cris, parce que le carme le voulait emporter. Huriel intercédait pour qu'on s'y prit autrement, car il était si peiné du chagrin de Brulette que, pour un peu, il aurait pleuré aussi. — Qu'y a-t-il donc? dit le grand bûcheux, et pourquoi, ma fille, voulez-vous vous départir de ce pauvre enfant? Est-ce donc la suite de votre idée de l'autre jour?

— Non, mon père, répondit Brulette.

Ce sont ses véritables parents qui le réclament, et c'est pour son bien. Le pauvre petit ne comprend pas cela, et moi, encore que je le comprenne, le cœur me manque. Mais comme il y a des raisons pour que la chose se fasse sans retard, donnez-moi du courage, au lieu de m'en ôter.

Et, tout en parlant de courage, elle n'en avait point contre les pleurs et les caresses de Charlot, car elle était arrivée à l'aimer d'une grande tendresse, et il fallut que Thérence s'en mêlât. La fille des bois avait dans son air et dans ses moindres discours une assurance de bonté qui eût persuadé les pierres, et que l'enfant sentait, encore qu'il ne sut comment. Elle réussit à lui faire entendre de s'apaiser et qu'on ne le quittait que pour bien peu, de sorte que frère Nicolas put l'emporter sans violence, et qu'on se mit en route au son d'une manière de rondine qu'il lui chantait pour l'ébaubir, et qui ressemblait à un psaume d'église plus qu'à une chanson ; mais Charlot s'en paya, et quand leurs voix se perdirent, celle du carme couvrait les dernières plaintes du pauvre mignon.

— Allons, Brulette, en route, dit le grand bûcheux. Nous vous aimerons tant que nous vous consolerons.

Huriel monta sur le brancart, afin d'être près d'elle, et, tout le long du chemin,

l'entretint si doucement, qu'elle lui dit,
à l'arrivée : — Ne me croyez pas inconso-
lable, mon vrai ami ! J'ai eu le cœur faible
un moment ; mais je sais bien où reporter
l'amitié que j'avais pour cet enfant, et où
je retrouverai la joie qu'il me donnait.

Il ne nous fallut pas grand temps pour
nous installer au vieux château, et mêmement y pendre la crémaillère. Il y avait
plusieurs chambres habitables, encore
qu'elles n'eussent pas de mine et qu'on les
eût cru prêtes à nous choir sur la tête ;
mais il y avait si longtemps que le vent en
secouait les ruines sans les renverser,
qu'elles pouvaient bien encore durer autant que nous.

La tante Marghitonne, enchantée de notre voisinage, nous fournit tout ce qui eût
pu manquer aux petits aises dont nous étions
coutumiers, et que la famille d'Huriel se
laissa persuader de partager avec nous, malgré le peu d'habitude qu'elle en avait et le
peu de cas qu'elle en faisait. Les ouvriers
bourbonnais que le grand bûcheux avait
embauchés, arrivèrent, et il en embaucha
d'autres dans l'endroit même. Si bien que
nous étions là comme une colonie, campée
partie dans le bourg, partie dans les ruines,
travaillant tous de bon cœur sous la conduite d'un homme juste qui savait ce que
c'est que la peine à ménager et le courage
à récompenser, et nous réunjssant tous les

soirs pour manger ensemble sur le préau,
écouter et raconter des histoires, chanter
et folâtrer à la fraîche, et faisant bal, le dimanche, avec toute la jeunesse du pays
qui nous savait tant de gré de la musique
bourbonnaise, qu'on nous apportait des
petits présents de tous les côtés, et nous
considérait on ne peut plus.

Le travail était rude, à cause de la pente
de la futaie qui se trouvait quasiment
à pic sur la rivière, et l'abattage offrait
de grands dangers. J'avais fait, au bois
de l'Alleu, l'expérience du caractère vif
du grand bûcheux. Comme il n'avait que
des ouvriers de choix pour sa partie, et
que les dépeceurs étaient à leurs pièces,

il n'avait pas sujet de s'impatienter ; mais j'avais l'ambition de devenir un fendeux de premier ordre pour lui complaire, et je craignais que mon apprentissage ne me fît encore traiter de maladroit et d'imprudent, ce qui m'eût bien mortifié devant Thérence. Aussi priai-je Huriel de m'en faire à part la démonstration et de me laisser le bien observer dans la pratique. Il s'y prêta de son mieux et j'y portai un si bon vouloir qu'en peu de jours j'étonnai le maître par mon habileté. Il m'en fit compliment, et mêmement me demanda devant sa fille pourquoi je me donnais si vaillamment à un état qui ne m'était point de nécessité en mon endroit. — C'est, lui répondis-je, que je ne serais pas fâché d'être bon à gâgner ma vie en tout pays. On ne sait point ce qui peut arriver, et si j'aimais une femme qui me voulût emmener au fond des bois, je l'y suivrais, et l'y soutiendrais aussi bien qu'un autre.

Et, pour marquer à Thérence que je n'étais pas si câlin qu'elle le pensait peut-être, je m'exerçais à coucher sur la dure, à vivre sobrement, et à devenir un forestier aussi solide que ceux qui l'entouraient. Je ne m'en trouvais pas plus mal portant, et même je sentais bien mon esprit y devenir plus léger et mes idées plus claires. Beaucoup de choses que je n'entendais point sans de grandes explica-

tions au commencement, se débrouillaient
peu à peu d'elles-mêmes devant mes yeux,
et elle ne riait plus de mes questions lour-
daudes. Elle causait avec moi sans ennui
et marquait de la confiance dans mes ju-
gements.

Pourtant une bonne quinzaine se passa
devant que j'eusse un peu d'espérance, et
comme je me plaignais à Huriel de n'oser
point dire un mot à une fille qui me paraissait trop au-dessus de moi pour me
vouloir jamais regarder, il me répliqua:
— Sois tranquille, Tiennet, ma sœur a le
cœur le plus juste qui existe, et si, comme
toutes les jeunes filles, elle a ses moments
de fantaisie, il n'y a point d'imagination

en elle qui ne cède à l'amour d'une belle vérité et d'une franche réparation.

Les discours d'Huriel, qui étaient aussi ceux de son père avec moi, me baillèrent grand courage, et Thérence reconnut en moi un si bon serviteur, j'étais si attentionné à ce qu'elle n'eût peine, fatigue ou impatience d'aucune chose dépendant de mon pouvoir ; j'étais si soigneux de ne regarder aucune autre fille, et d'ailleurs j'en avais si peu d'envie ; enfin, je me comportais avec un respect si honnête et qui lui marquait si bien l'état que je faisais de son mérite, qu'elle y ouvrit les yeux, et je la vis plusieurs fois me regarder courir au devant de ses souhaits avec un air de

réflexion très douce, et m'en payer par
des remercîments qui me rendaient fier.
Elle n'était pas habituée, comme Brulette,
à se voir prévenir, et n'eût pas su, comme
elle, y inviter gentillement. Elle paraissait même toujours étonnée qu'on y son-
geât ; mais quand cela arrivait, elle en
marquait une plus grande obligation, et
je ne me sentais pas d'aise quand elle me
disait, de son air sérieux, et sans fausse
retenue : — Vraiment, Tiennet, vous avez
trop bon cœur. — Ou bien : Tiennet, vous
prenez pour moi tant de peine que je voudrais avoir à en prendre pour vous dans
l'occasion.

Un jour qu'elle me parlait en cette manière, devant les autres bûcheux, l'un d'eux, qui était un beau garçon bourbonnais, observa, à moitié voix, **qu'elle** me gratifiait d'un grand intérêt.

— Certainement, Léonard, lui répondit Thérence en le regardant d'un air assuré. Je lui porte l'intérêt que je dois à sa complaisance pour moi et à son amitié pour les miens.

— Est-ce que vous croyez, reprit Léonard, qu'on n'agirait pas aussi bien que lui, si on croyait être payé de même?

— Je serais juste avec tout le monde, répliqua-t-elle, si j'avais le goût ou le besoin des complaisances de tout le monde; mais cela n'est point, et, de l'humeur dont je suis, l'amitié d'une seule personne me contente.

J'étais assis sur le gazon, auprès d'elle, tandis qu'elle parlait ainsi, et je pris sa main dans la mienne, sans oser plus que de l'y retenir un petit moment. Elle me la retira, mais non sans me l'appuyer, en passant, sur l'épaule, en signe de confiance et de parenté d'âme.

Pourtant les choses duraient ainsi, et je commençais à souffrir grandement de ma retenue avec elle, d'autant que les amours d'Huriel et de Brulette étaient si tendres et si heureuses, que cela troublait le cœur et l'esprit. Leur beau jour approchait, et je ne voyais pas venir le mien.

VINGT-HUITIÈME VEILLÉE

VINGT-HUITIÈME VEILLÉE.

Un dimanche, c'était celui du dernier ban de Brulette, le grand bûcheux et son fils qui, dès le matin, m'avaient paru se consulter secrètement, s'en allèrent ensemble, disant qu'une affaire regardant le mariage les appelait à Nohant. Brulette, qui savait bien où en étaient les préparatifs de sa noce, s'étonna qu'ils y fissent tant de diligence inutile, ou qu'on ne la mît point de la partie. Elle fut même tentée de bouder Huriel, qui annonçait d'être absent pour vingt-quatre heures ; mais il ne céda point et sut la tranquilliser, lui laissant penser qu'il ne la quittait que pour s'occuper d'elle, et lui ménager quelque belle surprise.

Cependant, Thérence, que mes yeux ne quittaient guère, me paraissait faire effort pour cacher son inquiétude, et, dès que son père et Huriel furent partis, elle

m'emmena dans le petit parc, où elle me
parla ainsi :

— Tiennet, je suis tourmentée, et ne
sais quel remède y trouver. Écoutez ce
qui se passe , et dites-moi ce que nous
pourrions faire pour empêcher des malheurs. La nuit dernière, ne dormant point,
j'ai entendu mon frère et mon père faire
accord de s'en aller au secours de Joseph,
et, dans leur entretien, voilà ce que j'ai
compris : Joseph, encore que très mal ac-
cueilli par tous les ménétriers du canton,
auxquels il s'est présenté pour réclamer
le concours, s'est obstiné à vouloir recevoir d'eux la maîtrise , chose , qu'en

somme, ils ne lui peuvent refuser ouvertement, sans avoir mis ses talents à l'é-
preuve.

» Il s'est trouvé que le fils Carnat devait
être reçu en la place de son père, qui se
retire du métier, par la corporation, aujourd'hui même, si bien que Joseph vient
là, troubler une chose qui ne devait pas
être contestée, et qui était promise et assurée d'avance.

» Or, nos bûcheux, en se promenant
dans les cabarets des environs, ont entendu et surpris les mauvais desseins de
la bande des sonneurs de votre pays;

lesquels sont résolus d'évincer Joseph,
s'ils le peuvent, en faisant fi de sa science.
S'il n'y risquait que le dépit d'endurer une
injustice et une contrariété, ce ne serait
point assez pour m'inquiéter comme vous
voyez; mais mon père et mon frère, qui
sont maîtres sonneurs et qui ont voix
à tout chapitre de musique, n'importe
en quel pays ils se trouvent, ont cru de
leur devoir d'aller réclamer leur place au
concours, à seules fins d'y soutenir Joseph.
Et puis, au bout de tout cela, il y a encore
quelque chose que je ne sais point, parce-
que les sonneurs ont un seret de confrérie
dont mon frère et mon père ne parlaient
entr'eux qu'à mots couverts, et dans des

paroles où je n'ai rien pu entendre. De
toutes manières, soit dans leur prétention
au jugement du concours, soit dans quelque autre cérémonie où l'on dit que les
épreuves sont dures, il y a du danger
pour eux, car ils ont pris, sous leurs
sarreaux, les petits bâtons de courza qui
sont une arme dont vous avez vu la mor-
sure; et mêmement ils ont affilé leurs
serpes et les ont cachées aussi sur eux,
se disant l'un à l'autre, vers le matin :
— Le diable soit de ce garçon qui n'a de
bonheur pour lui ni pour les autres! Il
le faut pourtant secourir, car il se va jeter
dans la gueule du loup, sans souci de sa
peau ni de celle de ses amis.

» Et mon frère se plaignait, disant qu'à la veille de se marier, il ne serait pas content de fendre encore une tête ou de ne point rapporter la sienne entière. A quoi mon père répondait qu'il n'y fallait point porter de mauvais pronostics, mais aller devant soi, où l'humanité commandait de secourir son prochain.

» Comme ils avaient cité notre ouvrier Léonard parmi ceux qui avaient recueilli les mauvais bruits, j'ai questionné ce Léonard un moment à la hâte, et il m'a dit que Joseph, et conséquemment ceux qui le voudraient soutenir, étaient depuis une huitaine l'objet de grandes menaces, et que vos sonneurs n'avaient pas seulement parlé de lui refuser la maîtrise à ce concours, mais encore de lui ôter l'envie et le pouvoir de s'y présenter une autre fois. Je sais, pour l'avoir ouï dire chez nous, étant petite, à l'epoque où mon frère fut reçu maître sonneur, qu'il s'y fallait comporter bravement et passer par je ne sais quels essais de la force et du courage. Mais chez nous, les sonneurs menant une vie errante et ne faisant pas tous métier de ménétriers, ne se gènent point les uns les autres et ne persécutent guère les aspirants. Il paraît, aux précautions de mon père et au dire de Léonard, qu'ici, c'est autre chose, et qu'il s'y fait quelquefois

des batailles d'où ne reviennent point
tous ceux qui s'y rendent. Assistez-moi,
Tiennet, car je me sens morte de peur et
de tristesse. Je n'ose point donner l'éveil
à nos bûcheux, car si mon père pensait
que j'ai surpris et trahi quelque secret de
la confrérie, il me retirerait l'estime et la
confiance. Il est accoutumé à me voir
aussi courageuse qu'une femme peut l'être
dans les dangers; mais, depuis la mal-
heureuse affaire de Malzac, je vous confesse que je n'ai plus de courage du tout,
et que je suis tentée d'aller me jeter au
milieu de la bataille, tant j'en crains les
suites pour ceux que j'aime. »

— Et c'est là, ma brave fille, ce que

vous appelez manquer de courage? répondis-je à Thérence. Allons, restez tranquille et laissez-moi faire. Le diable sera
bien malin si je ne découvre et surprends
de moi-même et sans qu'on vous soup-
çonne, le secret des sonneurs; et, que
votre père m'en blâme, qu'il me chasse
d'auprès de lui et me retire tout le bonheur que j'ai songé de gagner... ça ne fait
rien, Thérence! pourvu que je vous le
ramène ou que je vous le renvoie sain et
sauf, ainsi qu'Huriel, je serai assez payé,
ne dussé-je point vous revoir. Adieu, con-
tenez vos angoisses, ne dites rien à Brulette, elle y perdrait la tête. Je saurai vitement ce qu'il faut faire. N'ayez point l'air

de rien savoir. Je prends tout sur mon dos.

Thérence se jeta à mon cou et m'embrassa sur les deux joues avec toute l'innocence d'une bonne fille, et, rempli de courage et de confiance, je me mis à l'œuvre.

Je commençai par aller chercher Léonard, que je savais être un bon gars, très fort et hardi, et grandement attaché au père Bastien. Encore qu'il fut un peu jaloux de moi au sujet de Thérence, il entra dans mon plan, et je le consultai sur ce qu'il pouvait savoir du nombre des sonneurs appelés au concours, et du lieu où

nous pourrions les aller surveiller. Il ne
me put rien dire du premier point. Quant
au second, il m'apprit que le concours
ne se faisait point secrètement et qu'on le
disait fixé pour l'heure d'après vêpres, à
Saint-Chartier, dans le cabaret de Benoît.
La délibération qui devait s'en suivre était
la seule chose où les sonneurs se retiraient
entre eux ; mais c'était toujours dans la
maison même, et leur jugement était
rendu en public.

Je pensai alors qu'une demi-douzaine
de garçons bien résolus suffiraient à réta-
blir la paix, si, comme Thérence le pensait, il survenait des querelles, et que la
justice étant de notre côté, nous trouve-

rions bien, au pays, des bons enfants qui nous donneraient un coup de main. Je fis donc le choix de mes compagnons avec Léonard, et nous en trouvâmes quatre bien consentants de nous suivre, ce qui, avec nous deux, faisait le nombre souhaité. Ils n'hésitèrent que sur une chose, la crainte de déplaire à leur maître en lui portant secours malgré lui; mais je leur jurai que le grand bûcheux ne saurait jamais leurs bonnes intentions s'ils le souhaitaient; que nous serions amenés comme par le hasard, et enfin que, si quelqu'un en devait être blâmé, ils pourraient tout rejeter sur moi, qui les aurait attirés là pour boire, sans les prévenir de rien.

Nous étant ainsi accordés, j'allai dire à Thérence que nous étions en mesure contre n'importe quel danger, et, nous munissant chacun d'une bonne trique, nous arrivâmes à Saint-Chartier à l'heure dite.

Le cabaret à Benoit était si rempli qu'on ne s'y pouvait retourner et que force nous fut d'accepter une table en dehors. En somme, je ne fus pas fâché d'y installer ma réserve, et, leur recommandant bien de ne se point ivrer, je me coulai dans la maison où je comptai seize cornemuseux de profession, sans parler d'Huriel et de son père, qui étaient attablés au coin le plus obscur de la salle, le chapeau sur les yeux, et d'autant moins aisés à reconnaî-tre que peu de ceux qui se trouvaient là les avaient aperçus ou rencontrés dans le pays. Je fis comme si je ne les voyais point, et, pàrlant haut à leur portée, je m'enquis à Benoît de cette bande de sonneurs réu-nis à son auberge, comme d'une chose dont je n'avais pas seulement ouï parler et dont je ne connaissais point le motif.

— Comment, me dit le patron, qui rele-vait de sa maladie et qui était beaucoup blèmi et mandré, ne sais-tu point que Jo-seph, ton ancien ami, le garçon de ma mé-nagère, va passer au concours avec le fils

Carnat? Je ne te cache pas que c'est une sottise, me dit-il tout bas. La mère s'en désole et craint les mauvaises raisons qui s'échangent dans ces sortes de conseils. Mêmement, elle en est si troublée qu'elle en perd la tête et qu'on se plaint d'être mal servi céans, pour la première fois.

— Vous puis-je aider en quelque chose? lui dis-je, souhaitant d'avoir une raison pour rester en dedans, et tourner autour des tables.

— Ma foi, mon garçon, répondit-il, si tu y as bonne volonté, tu me rendras service, car je ne te cache pas que je suis encore faible, et ne peux pas me baisser

pour tirer le vin, sans avoir le vertige ;
mais j'ai confiance en toi : voilà la clé des
celliers. Charge-toi de remplir et d'appor-
ter les pichets. J'espère que la Maritón et
ses aides de cuisine suffiront au restant du
service.

Je ne me le fis point dire deux fois ; j'allai avertir mes compagnons de l'emploi
que je prenais pour le bien de la chose, et
je fis la besogne de sommelier, qui me per-
mit de tout voir et de tout entendre.

Joseph et Carnat le jeune étaient chacun au bout d'une grande table, régalant
toute la sonnerie, chacun par moitié. Il y

régnait plus de bruit que de plaisir. On
criait et chantait, pour se dispenser de
causer, car on était sur la défensive de
part et d'autre, et on y sentait les intérêts
et les jalousies en émoi.

J'observai bientôt que tous les sonneurs
n'étaient pas, comme je l'avais craint, du
parti des Carnat contre Joseph ; car, si
bien que se tienne une confrérie, il y a
toujours quelque vieille pique qui y met
le désaccord ; mais je vis aussi, peu à peu,
qu'il n'y avait là rien de rassurant pour
Joseph, parce que ceux qui ne voulaient
point de son concurrent, ne voulaient
pas de lui davantage, et souhaitaient voir

mandrer le nombre des ménétriers par la retraite du vieux Carnat. Il me parut même que c'était le grand nombre qui pensait ainsi, et j'augurai que les deux aspirants seraient évincés.

Après qu'on eût festiné environ deux heures, le concours fut ouvert. Le silence ne fut point requis, car la cornemuse, en une chambre, n'est point un instrument qui s'embarrasse des autres bruits, et les chanteurs ne s'y obstinent pas longtemps. Il vint une foule de monde aux alentours de la maison. Mes cinq camarades grimpèrent du dehors sur la croisée ouverte ; je ne me plaçai pas loin d'eux. Huriel et

son père ne bougèrent de leur coin. Carnat, désigné par le sort pour commencer,
monta sur l'arche au pain, et, encouragé
par son père, qui ne se pouvait retenir de
lui marquer la mesure avec ses sabots,
commença de sonner une demi-heure durant sur l'ancienne musette du pays, à petit bourdon.

Il en sonna fort mal, étant fort ému,
et je vis que cela faisait plaisir à la plus
grande partie des sonneurs. Ils gardè-
rent le silence, comme ils avaient coutume de faire pour se donner l'air impor-
tant; mais les autres assistants le gar-
dèrent aussi, ce qui fâcha bien le pauvre

garçon, car il avait espéré un peu d'encouragement, et son père commença de
ruminer en grand dépit, laissant voir la
vengeance et la méchanceté de son na-
turel.

Quand ce vint à Joseph, il s'arracha
d'auprès de sa mère, qui, tout le temps,
l'avait supplié, en lui parlant bas, de ne
se point mettre sur les rangs. Il monta
sur l'arche, tenant avec beaucoup d'ai-
sance sa grande cornemuse bourbonnaise
qui éblouit tous les yeux par ses orne-
ments d'argent, ses miroirs et la longueur
de ses bourdons. Joseph avait l'air fier et
regardait, comme en pitié, ceux qui l'al-

laient écouter. On remarquait la bonne
mine qui lui était venue et les jeunesses
du lieu se demandaient si c'était là Joset
l'ébervigé, qu'on avait jugé si simple et
qu'on avait vu si malingret. Toutefois, il
avait un air de hauteur qui ne plaisait
point, et, dès qu'il eût rempli la salle du
bruit de son instrument, il y eût quasi
plus de peur que de plaisir dans la curiosité qu'il causait aux fillettes.

Mais comme il ne manquait pas là de
monde qui s'y connaissait, et surtout les
chantres de la paroisse, et puis les chan-
vreurs qui sont grands experts en idées
de chansons, et mêmement des femmes

âgées qui étaient bonnes gardiennes des
meilleures choses du temps passé, Joseph
fut vîtement goûté, tant pour la manière
de faire sonner son instrument sans y
prendre aucune fatigue, et de donner le
son juste, que pour le goût qu'il montrait
en jouant des airs nouveaux d'une beauté
sans pareille. Et, comme il lui fut fait
observation par les Carnat, que sa musette, mieux sonnante, lui donnait de l'a-
vantage, il la démancha et n'en garda que
le haut-bois dont il se servit si bien qu'on
put encore mieux goûter l'excellence de
ses airs. Enfin, il prit la musette de Carnat et la mena si habilement qu'il en
tira encore des sons agréables, et qu'on eût

dit d'un autre instrument que celui qu'on avait entendu d'abord.

Les juges ne firent rien connaître de leur opinion, mais les autres assistants trépignant de joie et faisant grande acclamation, décidèrent que rien de si beau n'avait été ouï au pays de chez nous, et la mère Bline de la Breuille, qui avait quatre-vingt-sept ans et n'était encore sourde ni bègue, s'avançant à la table des sonneurs, et frappant de sa béquille au milieu d'eux, leur dit en son franc parler que le grand âge autorisait : « Vous aurez beau faire la moue et branler la tête, ça n'est aucun de vous qui pourriez joûter avec ce gars;

on parlera de lui dans deux cents ans
d'ici , et tous vos noms seront oubliés
avant que vos carcasses soient pourries
dans la terre. »

Puis elle sortit disant (et tout le monde
avec elle) que si les sonneurs rejetaient
Joseph de leur corporation, c'était la pire
injustice qui se put commettre et la plus
vilaine jalousie qui se put avouer.

C'était le moment de délibérer, et les
sonneurs montèrent en une chambre
haute, dont j'allai leur ouvrir la porte à
seules fins d'essayer de surprendre quelque chose en les écoutant causer sur l'es-

calier. Les derniers qui se présentèrent à
cette porte pour entrer furent le grand bûcheux et Huriel ; mais alors, le père Carnat, qui reconnaissait le fils pour l'avoir
vu chez nous à la *jaunée* de Saint-Jean,
leur demanda ce qu'ils souhaitaient, et de
quel droit ils se présentaient au conseil.

— Du droit que nous donne la maîtrise, répondit le père Bastien, et si vous
en doutez, faites-nous les questions d'u-
sage, ou éprouvez-nous en quelle musique vous voudrez.

On les fit entrer et on referma la porte.
J'essayai bien d'entendre, mais on par-

lait à voix basse, et je ne pus m'assurer
d'autre chose, sinon qu'on reconnaissait
le droit des deux étrangers, et qu'on déli-
bérait sur le concours sans bruit et sans
dispute.

A travers la fente de l'huis, je vis qu'on
se formait en rassemblements de quatre
ou cinq, et qu'on échangeaitdes raisons tout bas avant d'aller aux voix;
mais quand ce fut le moment de voter,
un des sonneurs vint voir s'il n'y avait
personne aux écoutes, et force me fut
de me cacher et de descendre aussitôt,
crainte d'être surpris en une faute où
j'aurais eu de la honte sans excuse; car

rien ne pouvait plus me donner à penser
que mes amis eussent besoin de mon aide
en une réunion si tranquille.

Je retrouvai en bas mes jeunes gens et
beaucoup d'autres de ma connaissance,
qui s'étaient attablés, faisant fête et compliment à Joseph. Le fils Carnat était seul
et triste en un coin, oublié et humilié au
possible. Le carme était là aussi, sous
la cheminée, s'enquérant auprès de la
Mariton et de Benoît, de ce qui se passait
en leur logis. Quand il fut au fait, il approcha de la plus grande table où chacun
voulait trinquer avec Joseph et le questionner sur le pays où il avait appris ses

talents. — Ami Joseph, dit le frère Nicolas, nous sommes de connaissance, et
je vous veux complimenter aussi sur l'ap-
plaudissement que vous venez d'avoir, à
bon droit, céans. Mais permettez-moi de
vous remontrer qu'il est généreux autant
que sage de consoler les vaincus, et qu'à
votre place, je ferais avance d'amitié au
fils Carnat, que je vois là, bien triste et
bien seul.

Le carme parla ainsi d'une façon à
n'être entendu que de Joseph et de quelques autres qui l'avoisinaient, et je pensai
qu'il le faisait, autant par conseil de son
bon cœur, que par incitation de la mère

à Joseph, qui eût souhaité voir revenir les
Carnat de leur aversion pour lui.

La manière dont le carme en appelait
à la générosité de Joseph flatta ce garçon
dans son amour-propre. — Vous avez
raison, père Nicolas, fit-il; et, d'une voix
élevée : — Allons, François, dit-il au fils
Carnat, pourquoi bouder les amis? Tu n'as
pas si bien joué que tu es en état de le
faire, j'en suis certain ; mais tu auras ta
revanche une autre fois; et, d'ailleurs, le
jugement n'en est pas encore porté. Ainsi,
au lieu de nous tourner le dos, viens
boire avec nous, et tenons-nous aussi
tranquilles que deux bœufs attelés au
même charroi.

Chacun approuva Joseph, et Carnat,
craignant de paraître trop jaloux, accepta
son offre et vint s'asseoir non loin de lui.
C'était bien jusque-là ; mais Joseph ne se
put défendre de marquer combien il estimait mieux son savoir que celui des autres,
et, dans les honnêtetés qu'il fit à son concurrent, il prit des airs de protection qui
le blessèrent d'autant plus.

— Tu parles comme si tu tenais la maîtrise, dit Carnat, qui était pâle et hautain ;
et tu ne tiens rien encore. Ce n'est pas
toujours au plus subtil de ses doigts et au
plus adroit de ses inventions, que ceux
qui s'y connaissent donnent la meilleure

part. C'est quelquefois à celui qui est le mieux connu et le mieux estimé au pays, et qui, par là, promet un bon camarade aux autres ménétriers.

— Oh! je m'y attends bien! répliqua Joseph. J'ai été longtemps absent, et, encore que je me pique de mériter autant d'estime qu'un autre par ma conduite, je sais, de reste, qu'on se rejettera sur la mauvaise raison que je suis peu connu. Eh bien, ça m'est égal, François! Je ne m'attendais point à trouver ici une assemblée de vrais musiciens, capables de me juger et assez amis du beau savoir pour préférer mon talent à leurs intérêts et à leurs accointances. Tout ce que je souhaitais, c'était de me faire entendre et juger devant ma mère et mes amis, par les oreilles saines et les gens raisonnables. A présent, je me moque bien de vos beugleurs de musette criarde! Je crois, Dieu me pardonne, que je serais plus fier de leur refus que de leur agrément.

— Le carme observa doucement à Joseph qu'il ne parlait pas d'une manière sage. Il ne faut point récuser les juges qu'on a demandé librement, lui dit-il, et l'orgueil gâte toujours le plus beau mérite.

— Laissez-lui son orgueil, reprit Carnat.

Je ne suis point jaloux de celui qu'il peut
montrer. Il lui faut bien un peu de talent
pour se consoler de ses autres disgrâces,
car c'est de lui qu'on peut dire : beau
joueur, bien joué.

— Qu'est-ce que vous entendez par là?
dit Joseph en posant son verre et le regardant entre les yeux.

— Je n'ai pas besoin de le dire, répondit l'autre. Tout le monde ici l'entend de
reste.

— Mais je ne l'entends point, moi; et
comme c'est à moi que vous parlez, je vous
citerai comme lâche si vous craignez de
vous expliquer.

— Oh ! je peux bien te dire en face, reprit Carnat, une chose qui n'est point
faite pour t'offenser ; car il n'y a peut-
être pas plus de ta faute à être malheureux
en amour, qu'il n'y en a eu de la mienne
à être malheureux ce soir, en musique.

— Allons, allons ! dit un des jeunes
gens qui se trouvaient-là, laissons la *Josette*
tranquille. Elle a trouvé un épouseux, ça
ne regarde plus personne.

— Et m'est avis, ajouta un autre, que
ce n'est point Joseph qui est joué dans
cette histoire-là, mais bien celui qui va
endosser son ouvrage.

— De qui parlez-vous? s'écria Joseph,
comme pris de vertige. Qui appelez-vous
Josette? et quel méchant badinage pré-
tendez-vous me faire?

— Taisez-vous! s'écria la Mariton, rouge
et tremblante de colère et de chagrin,
comme elle était toujours quand on accusait Brulette. Je voudrais que toutes vos
méchantes langues fussent arrachées et
clouées à la porte de l'Église!

— Parlons plus bas, reprit un des
jeunes gens; vous savez bien que la Mariton n'entend pas qu'on médise de la bonne
amie à son Joset. Les belles se soutiennent

entre elles, et celle-ci n'est pas encore trop mûre pour perdre sa voix au chapitre.

Joseph s'évertuait à comprendre de quoi on l'accusait ou le raillait — Explique-moi donc ça, me disait-il, en me tiraillant le bras. Ne me laisse pas sans défense ou sans réponse. — J'allais m'en mêler, encore que je me fusse interdit d'entrer dans aucune dispute où ne seraient point le grand bûcheux et son fils, lorsque François Carnat me coupa la parole; — Eh mon Dieu ! fit-il à Joseph en ricanant, Tiennet ne t'en dira pas plus que je ne t'en ai écrit.

— C'est donc de cela que vous parlez,

dit Joseph. Eh bien, je jure que vous êtes
un menteur, et que vous avez écrit et signé
un faux témoignage. Jamais...

— Bon, bon, reprit Carnat. Tu as pu
faire ton profit de ma lettre, et si, comme
l'on croit, tu étais l'auteur de l'enfant, tu
n'as pas été trop sot d'en repasser la pro-
priété à un ami. C'est un ami bien fidèle,
puisqu'il est là haut occupé à te soutenir
dans le conseil. Mais si, comme je le pense, moi, tu es venu pour réclamer ton
droit, et qu'on te l'ait refusé, ainsi qu'il
résulterait d'une scène bien drôle, qui a
été vue de loin et qui a eu lieu au château
du Chassin...

— Quelle scène? dit le carme. Il faut vous expliquer, jeune homme, car j'en étais peut-être le témoin, et je veux savoir de quelle manière vous racontez les choses.

— Comme vous voudrez, répondit Carnat. Je la dirai comme je l'ai vue de mes yeux, sans entendre les discours qui s'y faisaient, mais vous en donnerez l'explication comme vous pourrez. Vous saurez donc, vous autres, que, le dernier jour du mois passé, Joseph, s'étant levé de bon matin pour porter un mai à la porte de Brulette, et y ayant vu un gros gars d'environ deux ans qui ne peut être que le sien, le voulut réclamer sans doute, puis-

qu'il le prit pour l'emporter et qu'il s'en
suivit une dispute, où son ami le bûcheux bourbonnais, le même qui est là
haut avec son père, et qui épouse la Brulette dimanche qui vient, lui porta de bons
coups, et puis embrassa la mère et l'enfant; après quoi Joset l'ébervigé fut mis
en douceur à la porte et n'y est point retourné du depuis. Or, voilà la plus belle
histoire que j'aie jamais vue. Arrangez-là
comme vous voudrez. C'est toujours un
enfant qui se voit disputé par deux pères,
et une fille qui, au lieu de se donner au
premier enjoleur, le chasse à coup de pied
comme indigne ou incapable d'élever l'enfant de ses œuvres.

Au lieu de répondre, comme il s'en était vanté, à cette accusation, le père Nicolas était retourné vers la cheminée, et parlait bas, mais vivement avec Benoît. Joseph était si saisi de voir interpréter de la sorte une aventure dont, après tout, il ne pouvait dire le fin mot, qu'il cherchait autour de lui quelqu'un pour l'y aider, et la Marilon étant sortie de la chambre comme une folle, il ne restait que moi pour rembarrer Carnat. Son discours avait occasionné de l'étonnement, et personne ne songeait à défendre Brulette, contre laquelle il y avait toujours un gros dépit. J'essayai de prendre son parti; mais Carnat m'interrompit aux premiers mots. —

Oh! tant qu'à toi, le cousin, fit-il, personne ne t'accuse ; tu peux y être de bonne
foi, encore qu'on sache que tu t'es entre-
mis pour attraper le monde en apportant
au pays l'enfant déjà élevé dans le Bourbonnais. Mais tu es si simple, que tu n'y
as peut-être vu que du feu. Le diable me
punisse, ajouta-t-il en s'adressant à l'assistance, si ce garçon-là n'est pas sot
comme un panier. Il est capable d'avoir
servi de parrain à l'enfant, croyant faire
le baptême d'une cloche. Il aura été dans
le Bourbonnais pour voir son filleul, et
on lui aura prouvé qu'il avait poussé dans
le cœur d'un chou. Il l'aura apporté chez
lui dans une besace, pensant mettre, le

soir, un chebril à la broche. Enfin, il est si valet et si bon cousin à la fille, que, si elle lui avait voulu faire entendre que le gros Charlot lui ressemble, il s'en serait trouvé content.

VINGT·NEUVIÈME VEILLÉE

VINGT-NEUVIÈME VEILLÉE.

J'avais beau répondre et protester en me fâchant, on était plus en train de rire que de m'écouter et ça été, de tout temps, une grande amusette pour les garçons éconduits, de médire d'une pauvre fille.

On se dépêche de l'abîmer, sauf à en revenir plus tard, si l'on voit qu'elle ne le
méritait point.

Mais, au milieu du bruit des mauvaises
paroles, on entendit une voix forte, que
la maladie avait un peu diminuée, mais
qui était encore capable de couvrir toutes
celles d'un cabaret en rumeur. C'était le
maître du logis, habitué, de longue date,
à gouverner les orages du vin et les va-
carmes de la bombance.

— Tenez vos langues, dit-il, et m'écoutez, où, dussé-je fermer la maison pour
toujours, je vous ferai sortir à l'instant

même. Tâchez de vous taire sur le compte
d'une fille de bien, que vous ne décriez
que pour l'avoir trouvée trop sage. Et,
quant aux véritables parents de l'enfant
qui a donné lieu à tant d'histoires, dites-
leur donc enfin, bien en face, le blâme
que vous leur destinez, car les voilà devant vous. Oui! dit-il en attirant contre
lui la Mariton qui pleurait, tenant Charlot
dans ses bras, voilà la mère de mon héritier, et voilà mon fils reconnu par mon
mariage avec cette brave femme. Si vous
m'en demandez la date bien au juste, je
vous répondrai que vous ayez à vous mêler de vos affaires; mais pourtant, à celui
qui aurait de bonnes raisons pour me

questionner, je pourrais montrer des actes
qui prouvent que j'ai toujours reconnu
l'enfant pour mien, et qu'avant sa naissance, sa mère était déjà ma légitime
épouse, encore que la chose fût tenue ca-
chée.

Il se fit un grand silence d'étonnement,
et Joseph, qui s'était levé aux premiers
mots, resta debout comme changé en
pierre. Le moine qui vit du doute, de la
honte et de la colère dans ses yeux, jugea
à propos de donner quelques explications
de plus. Il nous apprit que Benoît avait
été empêché de rendre son mariage public par l'opposition d'un parent à succes-

sion qui lui avait prêté des fonds pour son
commerce, et qui aurait pu le ruiner en
lui en demandant la restitution. Et
comme la Mariton craignait d'être atta-
quée dans sa renommée, surtout à cause
de son fils Joseph, elle avait caché la
naissance de Charlot et l'avait mis en
nourrice à Sainte-Sevère; mais, au bout
d'un an, elle l'avait trouvé si mal éduqué,
qu'elle avait prié Brulette de s'en char-
ger, comptant que nulle autre n'en au
rait autant de soin. Elle n'avait point
prévu que cela ferait du tort à cette jeunesse, et quand elle l'avait su, elle avait
voulu reprendre l'enfant; mais la maladie de Benoît avait fait empêchement

et Brulette, d'ailleurs, s'yétait si bien
attachée, qu'elle n'avait point voulu s'en
séparer.

— Oui, oui, dit vivement la Mariton, la
pauvre âme qu'elle est! Elle m'a montré son
courage dans l'amitié. Vous avez assez de
peine comme cela, me disait-elle, s'il faut
que vous perdiez votre mari, et que peut-être
votre mariage soit attaqué ensuite par sa
famille. Il est trop malade pour que vous
puissiez souhaiter qu'il se mette dans les
grands embarras qui résulteraient, à présent, de la déclaration de votre mariage.
Ayez patience, et ne le tuez point par des
soucis d'affaires. Tout s'arrangera à vos

souhaits, si Dieu vous fait la grâce qu'il en revienne.

— Et si j'en suis revenu, ajouta Benoît, c'est par les soins de cette digne femme, qui est ma femme, et par la bonté d'âme de la jeune fille en question, qui s'est exposée patiemment au blâme et à l'insulte, plutôt que de me pousser à ma ruine en trahissant nos secrets. Mais voilà encore un fidèle ami, ajouta-t-il en montrant le carme, un homme de tête, d'action et de franche parole, qui a été mon camarade d'école, dans le temps que j'étais élevé à Montluçon. C'est lui qui a été trouver mon vieux diable d'oncle, et qui, à la fin, pas plus tard que ce matin, l'a fait consentir à mon mariage avec ma bonne ménagère. Et quand il a eu lâché la promesse qu'il me laisserait ses fonds et son héritage, on lui a avoué que le prêtre y avait déjà passé, et on lui a présenté le gros Charlot, qu'il a trouvé beau garçon, et bien ressemblant à l'auteur de ses jours.

Ce contentement de Benoît fit revenir la gaîté, et chacun fut frappé de cette ressemblance dont, pourtant, on ne s'était point avisé jusque-là, moi pas plus que les autres. — Par ainsi, Joseph, dit encore l'aubergiste, tu peux et dois aimer et respecter ta mère, comme je l'aime et la respecte. Je fais serment ici que c'est la plus courageuse et la plus secourable chrétienne qu'il y ait auprès d'un malade, et que je n'ai jamais eu une heure d'hésitation dans ma volonté de déclarer tôt ou tard ce que je déclare aujourd'hui. Nous voilà assez bien dans nos affaires, Dieu merci, et comme j'ai juré à elle et à Dieu que je remplacerais le père que tu as perdu, si tu veux demeurer avec nous, je t'associerai à mon commerce et te ferai faire de bons profits. Tu n'as donc pas besoin de te jeter dans le cornemusage, puisque ta mère y voit des inconvénients pour toi et des inquiétudes pour elle. Ton idée était de lui assurer un sort. Ça ne regarde

plus que moi, et mêmement je m'offre à
assurer le tien. Nous écouteras-tu, à la fin,
et renonceras-tu à ta damnée musique? Ne
veux-tu point demeurer en ton pays, vivre
en famille, et rougirais-tu d'avoir un aubergiste honnête homme pour ton beau-
père ?

— Vous êtes mon beau-père, cela est
certain, répondit Joseph sans marquer ni
joie ni tristesse, mais se tenant assez froi-
dement sur la défensive ; vous êtes honnête homme, je le sais, et riche je le
vois : si ma mère se trouve heureuse avec
vous....

— Oui, oui, Joseph ! la plus heureuse

du monde, aujourd'hui surtout ! s'écria la Mariton en l'embrassant, car j'espère que tu ne me quitteras plus.

— Vous vous trompez, ma mère, répondit Joseph. Vous n'avez plus besoin de moi, et vous êtes contente. Tout est bien. Vous étiez le seul devoir qui me rappelât au pays. Il ne m'y restait plus que vous à aimer, puisque Brulette, il est bon pour elle que tout le monde l'entende aussi de ma bouche, n'a jamais eu pour moi que les sentiments d'une sœur. A présent me voilà libre de suivre ma destinée qui n'est pas bien aimable, mais qui m'est trop bien marquée pour que je ne la préfère point à tout l'argent du commerce et à toutes les aises de la famille. Adieu donc, ma mère! Que Dieu récompense ceux qui vous donneront le bonheur; moi, je n'ai plus besoin de rien, ni d'état en ce pays, ni de brevet de maîtrise octroyé par des ignorants mal intentionnés pour moi. J'ai mon idée et ma musette qui me suivront partout, et tout gagne-pain me sera bon, puisque je sais qu'en tous lieux je me ferai connaître sans autre peine que celle de me faire entendre.

Comme il disait cela, la porte de l'escalier s'ouvrit et toute l'assemblée des sonneurs rentra en silence. Le père Carnat, réclama l'attention de la compagnie, et, d'un air joyeux et décidé qui étonna bien tout le monde, il dit : — François Carnat, mon fils, après examen de vos talents et discussion de vos droits, vous avez été declaré trop novice pour recevoir la maîtrise. On vous engage donc à étudier encore un bout de temps sans vous dégoûter, à seules fins de vous représenter plus tard au concours qui vous sera peut-être plus favorable. Et vous, Joseph Picot, du bourg de Nohant, le conseil des maîtres sonneurs du pays vous fait assavoir que, par vos talents sans pareils, vous êtes reçu maître sonneur de première classe, sans exception d'une seule voix.

— Allons! répondit Joseph, qui resta comme indifférent à cette belle victoire et à l'approbation qui y fut donnée par tous les assistants ; puisque la chose a tourné ainsi, je l'accepte, encore que n'y comptant point, je n'y tinsse guère.

La hauteur de Joseph ne fut approuvée de personne, et le père Carnat se dépêcha de dire, d'un air où je trouvai beaucoup de malice déguisée : « Il paraîtrait, Joseph, que vous souhaitez vous en tenir à l'honneur et au titre, et que votre intention n'est pas de prendre rang parmi les ménétriers du pays? »

— Je n'en sais rien encore, répondit

Joseph, par bravade assurément, et pour ne pas contenter trop vite ses juges : j'y donnerai réflexion.

— Je crois, dit le jeune Carnal à son père, que toutes ses réflexions sont faites, et qu'il n'aura pas le courage d'aller plus avant.

— Le courage ? dit vivement Joseph : et quel courage faut-il, s'il vous plaît ?

Alors, le doyen des sonneurs, qui était le vieux Paillou, de Verneuil, dit à Joseph : « — Vous n'êtes pas sans savoir, jeune homme, qu'il ne s'agit pas seulement de sonner d'un instrument pour être

reçu en notre compagnie, mais qu'il y a un
catéchisme de musique qu'il faut connaître et sur lequel vous serez questionné,
si toutefois vous vous sentez l'instruction
et la hardiesse pour y répondre. Il y a
encore des engagements à prendre. Si vous
n'y répugnez point, il faut vous décider
avant une heure et que la chose soit ter-
minée demain matin.

— Je vous entends, dit Joseph ; il y a
les secrets du métier, les conditions et les
épreuves. Ce sont de grandes sottises, autant que je peux croire, et la musique n'y
entre pour rien, car je vous défierais bien
de répondre, sur ce point, à aucune ques-

tion que je pourrais vous faire. Par ainsi,
celles que vous me prétendez adresser
ne rouleront pas sur un sujet auquel vous
êtes aussi étranger que les grenouilles
d'un étang, et ne seront que sornettes de
vieilles femmes.

— Si vous le prenez ainsi, dit Renet, le
sonneur de Mers, nous voulons bien vous
laisser croire que vous êtes un grand sa-
vant et que nous sommes des ânes. Soit !
Gardez vos secrets, nous garderons les
nôtres. Nous ne sommes point pressés de
les dire à qui en fait mépris. Mais alors,
souvenez-vous d'une chose : voilà votre
brevet de maître sonneur, qui vous est

délivré par nous, et où rien ne manque, de l'avis de ces sonneurs bourbonnais, vos amis, qui l'ont rédigé et signé avec nous tous. Vous êtes libre d'aller exercer vos talents où ils feront besoin et où vous pourrez; mais il vous est défendu d'y essayer dans l'étendue des paroisses que nous exploitons et qui sont au nombre de cent cinquante, selon la distribution qui en a été faite entre nous, et dont la liste vous sera donnée. Et si vous y contrevenez, nous sommes obligés de vous avertir que vous n'y serez souffert de gré ni de force, et que la chose sera toute à vos risques et périls.

Ici la Mariton prit la parole. — Vous

n'avez pas besoin de lui faire des menaces, dit-elle, et pouvez le laisser à son
humeur qui est de cornemuser sans y
chercher de profit. Il n'a pas besoin de
ça, Dieu merci, et n'a pas, d'ailleurs, la
poitrine assez forte pour faire état de ménétrier. Allons, Joseph, remercie-les de
l'honneur qu'ils te donnent et ne les cha-
grine point dans leurs intérêts. Que ce
soit une convention vitement réglée, et
voilà mon homme qui en fera les frais,
avec un bon quartaut de vin d'Issoudun
ou de Sancerre, aux choix de la compagnie.

— A la bonne heure, répondit le vieux

Carnat. Nous voulons bien que la chose en reste là. Ce sera le mieux pour votre garçon, car il ne faut être ni sot ni poltron pour se frotter aux épreuves, et m'est avis que le pauvre enfant n'est point taillé pour y passer.

— C'est ce que nous verrons! dit Joseph, se laissant prendre au piége, malgré les avertissements que lui donnait tout bas le grand bûcheux. Je réclame les épreuves, et comme vous n'avez pas le droit de me les refuser, après m'avoir délivré le brevet, je prétends être ménétrier si bon me semble, ou, tout au moins, vous prouver que je n'en serai empêché par aucun de vous.

— Accordé! dit le doyen, laissant voir, ainsi que Carnat et plusieurs autres, la méchante joie qu'ils y prenaient. Nous allons nous préparer à la fête de votre réception, l'ami Joseph; mais songez qu'il n'y a point à en revenir, à présent, et que vous serez tenu pour une poule mouillée et pour un vantard si vous changez d'avis.

— Marchez, marchez! dit Joseph. Je vous attends de pied ferme.

— C'est nous, lui dit Carnat près de l'oreille, qui vous attendrons au coup de minuit.

— Où? dit encore Joseph avec beaucoup d'assurance.

— A la porte du cimetière, répondit
tout bas le doyen; et, sans vouloir accepter
le vin de Benoît, ni entendre les raisons
de sa femme, ils s'en allèrent tous ensemble, promettant malheur à qui les sui-
vrait ou les espionnerait dans leurs mys-
tères.

Le grand bûcheux et Huriel les suivirent sans dire un mot de plus à Joseph,
d'où je vis que, s'ils étaient contraires au
mal qui lui était souhaité par les autres
sonneurs, ils n'en regardaient pas moins
comme un devoir sérieux de ne lui donner
aucun avertissement et de ne trahir en
rien le secret de la corporation.

Malgré les menaces qui avaient été faites, je ne me gênai point pour les suivre, à distance, sans autre précaution que celle de m'en aller par le même chemin, les mains dans les poches et sifflant, comme qui n'aurait eu aucun souci de leurs affaires. Je savais bien qu'ils ne me laisseraient point assez approcher pour entendre leurs manigances; mais je voulais voir de quel côté ils prétendaient s'embusquer, afin de chercher le moyen d'en approcher plus tard sans être observé.

Dans cette idée, j'avais fait signe à Léonard de garder les autres au cabaret, jusqu'à ce que je revinsse les avertir; mais

ma poursuite ne fut pas longue. L'auberge
était dans la rue qui descend à la rivière
et qui est aujourd'hui route postale sur
Issoudun. Dans ce temps-là, c'était un
petit casse-cou étroit et mal pavé, bordé
de vieilles maisons à pignons pointus et à
croisillons de pierre. La dernière de ces
maisons a été démolie l'an passé. De la
rivière, qui arrosait le mur en contre-bas
de l'auberge du *Bœuf couronné*, on montait,
raide comme pique, à la place, qui était,
comme aujourd'hui, cette longue chaussée
raboteuse plantée d'arbres, bordée à gauche par des maisons fort anciennes, à
droite par le grand fossé, alors rempli
d'eau, et la grande muraille alors bien

entière, du château. Au bout, l'église finit
la place, et deux ruelles descendent l'une
à la cure, l'autre le long du cimetière.
C'est par celle-là que tournèrent les cornemuseux. Ils avaient environ une bonne
portée de fusil en avance sur moi, c'est-à-
dire le temps de suivre la ruelle qui longe
le cimetière, et de déboucher dans la campagne, par la poterne de la tour des Anglais, à moins qu'ils ne fissent choix de
s'arrêter en ce lieu, ce qui n'était guère
commode, car le sentier, serré à droite par
le fossé du château, et de l'autre côté par
le talus du cimetière, ne pouvait laisser
passer qu'une personne à la fois.

Quand je jugeai qu'ils devaient avoir

gagné la poterne, je tournai l'angle du château par une arcade qui, dans ce temps-là, donnait passage aux piétons sous une galerie servant aux seigneurs pour se rendre à l'église paroissiale.

Je me trouvai seul dans cette ruelle, où, passé soleil couché, aucun chrétien ne se risquait jamais, tant pour ce qu'elle côtoyait le cimetière, que parce que le flanc nord du château était mal renommé. On parlait de je ne sais combien de personnes noyées dans le fossé du temps de la guerre des Anglais, et mêmement on jurait d'y avoir entendu siffler la cocadrille dans les temps d'épidémie.

Vous savez que la cocadrille est une manière de lézard qui paraît tantôt réduit pas
plus gros que le petit doigt, tantôt gonflé,
par le corps, à la taille d'un bœuf et long
de cinq à six aunes. Cette bête, que je n'ai
jamais vue, et dont je ne vous garantis
point l'existence, est réputée vomir un venin qui empoisonne l'air et amène la
peste.

Encore que je n'y crusse pas beaucoup,
je ne m'amusai point dans ce passage, où
le grand mur du château et les gros arbres
du cimetière ne laissaient guère percer la
clarté du ciel. Je marchai vite, sans trop
regarder à droite ni à gauche, et sortis par

la poterne des Anglais, dont il ne reste pas aujourd'hui pierre sur pierre.

Mais là, malgré que la nuit fut belle et la lune levée, je ne vis, ni auprès ni au loin, trace des dix-huit personnes que je suivais. Je questionnai tous les alentours, j'avisai jusque dans la maison du père Bé-gneux qui était la seule habitation où ils auraient pu entrer. On y dormait bien tranquillement, et, soit dans les sentiers, soit dans le découvert, il n'y avait ni bruit, ni trace, ni aucune apparence de personne vivante.

J'augurai donc que la sonnerie mé-créante était entrée dans le cimetière pour y faire quelque mauvaise conjuration, et, sans en avoir nulle envie, mais résolu à tout risquer pour les parents de Thérence, je repassai la poterne et rentrai dans la maudite rouette aux Anglais, marchant doux, me serrant au talus dont je rasais quasiment les tombes, et ouvrant mes oreilles au moindre bruit que je pourrais surprendre.

J'entendis bien la chouette pleurer dans les donjons, et les couleuvres siffler dans l'eau noire du fossé ; mais ce fut tout. Les morts dormaient dans la terre aussi tranquilles que des vivants dans leurs lits. Je pris courage pour grimper le talus et

IV 17

donner un coup-d'œil dans le champ du repos. J'y vis tout en ordre, et de mes sonneurs pas plus de nouvelles que s'ils n'y fussent jamais passés.

Je fis le tour du château. Il était bien fermé, et comme il était environ les dix heures, maîtres et serviteurs y dormaient comme des pierres.

Alors je retournai au *Bœuf couronné*, ne pouvant m'imaginer ce qu'étaient devenus les sonneurs, mais voulant faire cacher mes camarades dans la ruelle aux Anglais, puisque, de là, nous verrions bien ce qui arriverait à Joseph, à l'heure du rendez-vous donné à la porte du cimetière.

Je les trouvai sur le pont, délibérant de s'en retourner chez eux, et disant qu'ils ne voyaient plus aucun danger pour les Huriel, puisqu'ils s'étaient si bien entendus avec les autres dans le conseil de maîtrise. Pour ce qui regardait Joseph tout seul, ils ne s'en souciaient point et voulurent me détourner d'y prendre part. Je leur remontrai qu'à mon sens c'était dans les épreuves qui allaient se faire que le danger commençait pour tous les trois, puisque la mauvaise intention des sonneurs avait été bien visible, et que les Huriel allaient y secourir Joseph, selon leurs prévisions de la matinée.

— Êtes-vous donc déjà dégoûtés de

l'entreprise? leur dis-je. Est-ce parce que nous ne sommes que huit contre seize? et ne vous sentez-vous point chacun du cœur pour deux?

— Comment comptez-vous? me dit Léonard. Croyez-vous que le grand bû-cheux et son fils se mettent avec nous contre leurs confrères?

— Je comptais mal, lui répondis-je, car nous sommes neuf. Joseph ne se laissera point manger la laine sur le dos, si on lui chauffe trop les oreilles, et puisque les deux Huriel ont pris des armes, il me pa-raît bien certain que c'est pour le défen-dre, s'ils ne peuvent se faire écouter.

— Il ne s'agit pas de ça, reprit Léonard ; nous ne serions que nous six, et ils seraient vingt contre nous, que nous irions encore sans les compter ; mais il y a autre chose qui nous plaît moins que la bataille. On vient d'en causer au cabaret, chacun a raconté son histoire ; le moine a blâmé ces pratiques-là comme impies et abominables ; la Mariton a pris une peur qui a gagné tous les assistants, et, encore que Joseph ait ri de tout cela, nous ne pouvons pas être certains qu'il n'y ait quelque chose de vrai au fond. On a parlé d'aspirants cloués dans une bière, de brasiers où on les faisait choir, et de croix de fer rouge qu'on leur faisait embrasser. Ces choses-là me paraissent trop fortes à croire; mais si j'étais sûr que ce fut tout, je saurais bien donner une bonne correction aux gens assez mauvais pour y contraindre un pauvre prochain. Malheureusement...

— Allons, allons, lui dis-je, je vois que vous vous êtes laissé épeurer. Qu'est-ce qu'il y a encore? Dites le tout, afin qu'on s'en moque ou qu'on s'en gare.

— Il y a, dit un de ces garçons, voyant que Léonard avait honte de tout confesser, que nous n'avons jamais vu la personne du diable, et qu'aucun de nous ne souhaite faire sa connaissance.

— Oh! oh! leur dis-je, voyant que tous
étaient soulagés par cet aveu, et allaient
dire comme lui, c'est donc du propre Lu-
cifer qu'il retourne? Eh bien, à la bonne
heure! Je suis trop bon chrétien pour le
redouter; je donne mon âme à Dieu, et
je vous réponds de prendre aux crins, à
moi tout seul, l'ennemi du genre humain,
aussi résolument que je prendrais un bouc
à la barbe. Il y a assez longtemps qu'il
porte dommage à ceux qui le craignent :
m'est avis qu'un bon gars qui l'écornerait,
lui ôterait moitié de sa malice, et ça serait
toujours autant de gagné.

— Ma foi, dit Léonard, honteux de sa

crainte, si tu le prends comme ça, je n'y
reculerai pas, et si tu lui casses les cornes,
je veux, à tout le moins, tenter de lui arracher la queue. On dit qu'elle est bonne,
et nous verrons bien si elle est d'or ou de
chanvre.

Il n'y a si bon remède contre la peur
que la plaisanterie, et je ne vous cache
pas qu'en mettant la chose sur ce ton-là,
je n'étais point du tout curieux de me
mesurer avec *Georgeon*, comme chez nous
on l'appelle. Je ne me sentais peut-être
pas plus rassuré que les autres; mais,
pour Thérence, je me serais jeté en la
propre gueule du Diable. Je l'avais promis;

le bon Dieu lui-même ne m'eût point dé-
tourné de mon dessein.

Mais c'est mal parler. Le bon Dieu,
tout au contraire, me donnait force et confiance, et, tant plus je me sentis angoissé
dans cette nuit-là, tant plus je pensai à
lui, et requis son aide.

Quand les autres camarades nous virent décidés, Léonard et moi, ils nous
suivirent. Pour rendre la chose plus sûre,
je retournai au cabaret, comptant y trouver d'autres amis qui, sans savoir de quoi
il s'agissait, nous suivraient comme en
partie de plaisir, et nous soutiendraient à
l'occasion ; mais l'heure était avancée, et

il n'y avait plus au *Bœuf-couronné* que Bénoît qui soupait avec le carme, la Mariton
qui faisait ses prières, et Joseph qui s'était
jeté sur un lit et dormait, je dois le dire,
avec une tranquillité qui nous fit honte
de nos hésitations.

— Je n'ai qu'une espérance, nous dit
la Mariton en se relevant de sa prière,
c'est qu'il laissera passer l'heure et ne
se réveillera que demain matin.

— Voilà les femmes! répondit Bénoît
en riant; elles croyent qu'il fait bon vivre
au prix de la honte. Mais moi, j'ai donné
à son garçon parole de le réveiller avant
minuit, et je n'y manquerai point.

—Ah! vous ne l'aimez pas! s'écria la mère. Nous verrons si vous pousserez notre Charlot dans le danger, quand son tour viendra!

— Vous ne savez ce que vous dites, ma femme, répondit l'aubergiste. Allez dormir avec mon garçon; moi, je vous réponds de ne pas trop laisser dormir le vôtre. Je ne veux point qu'il me reproche de l'avoir déshonoré.

— Et d'ailleurs, dit le carme, quel danger voulez-vous donc voir dans les sottises qu'ils vont faire? Je vous dis que vous rêvez, ma bonne femme. Le Diable ne mange personne; Dieu ne le souffrirait point, et vous n'avez pas si mal élevé votre fils, que vous craigniez qu'il se veuille damner pour la musique? Je vous répète que les vilaines pratiques des sonneurs ne sont, après tout, que de l'eau claire, des badinages impies, dont les gens d'esprit savent fort bien se défendre, et il suffira à Joseph de se moquer des démons dont on lui va parler, pour les mettre tous en fuite. Il n'y faut pas d'autre exorcisme, et je vous réponds que je ne voudrais pas perdre une goutte d'eau bénite avec le diable qu'on lui montrera cette nuit.

Les paroles du carme mirent le cœur au ventre de mes camarades. — Si c'est une farce, me dirent-ils, nous tomberons dessus et battrons en grange sur le mauvais esprit ; mais, ne ferons-nous point part à Benoît de notre dessein ? Il nous aiderait peut-être ?

— A vous dire vrai, répondis-je, je n'en sais rien. Il passe pour un très brave homme ; mais on ne tient jamais le fin mot des ménages, surtout quand il y a des enfants d'un premier lit. Les beaux-pères ne les voyent pas toujours d'un bon œil, et Joseph n'a pas été bien aimable, ce soir, avec le sien. Partons sans rien dire, ce sera le mieux, et l'heure n'est pas loin où il faut que nous soyons prêts.

Prenant alors le chemin de l'église, sans bruit et passant un à un, nous allâmes nous poster dans la rouette aux Anglais. La lune était si bassé, que nous pouvions, en nous couchant le long du talus, n'être pas vus, quand même on eût passé tout près de nous. Mes camarades, étant étrangers au pays, n'avaient point pour cet endroit les répugnances que j'avais senties d'abord, et je pus les y laisser pour m'avancer et me cacher dans le cimetière, assez près de la porte pour voir ce qui entrerait, et assez près d'eux aussi, pour les prévenir au besoin.

TRENTIÈME VEILLÉE

TRENTIÈME VEILLÉE.

J'attendis assez longtemps, d'autant plus que les heures ne paraissent jamais courtes dans la triste compagnie des trépassés. Enfin minuit sonna à l'église, et je vis la tête d'un homme dépasser en dehors le petit mur du cimetière, tout auprès de la porte. Un bon quart d'heure se traîna encore sans que je visse ou entendisse autre chose que cet homme ennuyé d'attendre, qui se mit à siffler un air bourbonnais, à quoi je reconnus que c'était Joseph, qui trompait sans doute l'espérance de ses ennemis en ne ressentant aucune frayeur du voisinage des morts.

Enfin, un autre homme, qui était collé contre la porte en dedans, et que je n'avais pu voir à cause d'un gros buis qui me le masquait, passa vivement sa tête par-dessus le petit mur comme pour surprendre Joseph, qui ne bougea point et qui lui

dit en riant : — Eh bien, père Carnat,
vous êtes en retard, et, pour un peu, je
me serais endormi à vous attendre. M'ou-
vrirez-vous la porte, ou dois-je entrer dans
le jardin aux orties par la brèche?

— Non, dit le vieux Carnat. Cela fâcherait le curé, et il ne faut point braver
ouvertement les gens d'église. Je vais à
toi.

Il enjamba par dessus le mur, et dit à Joseph qu'il se fallait laisser couvrir la tête
et les bras d'un sac très épais, et marcher
sans résistance.

— Faites, dit Joseph, d'un ton de moquerie et quasi de mépris.

Je les suivis de l'œil par dessus le mur et je les vis rentrer dans la rouette aux Anglais. Je coupai droit jusqu'au talus où étaient cachés mes jeunes gens; mais je n'en trouvai plus que quatre. Le plus jeune avait déguerpi tout doucement sans rien dire, et je n'étais pas sans crainte que les autres n'en fissent autant, car ils avaient trouvé le temps long, et ils me dirent avoir entendu, en ce lieu, des bruits singuliers qui leur semblaient venir de dessous terre.

Nous vîmes bientôt arriver Joseph, marchant sans y voir, et conduit par Carnat. Ils venaient sur nous, mais quittèrent le sentier à une vingtaine de pas. Carnat fit descendre Joseph jusqu'au bord du fossé, et nous pensâmes qu'il l'y voulait faire noyer. Aussi étions-nous déjà sur nos jambes et prêts à empêcher cette traîtrise, lorsque nous vîmes que tous deux entraient dans l'eau, qui n'était point creuse en cet endroit, et gagnaient une arcade basse, au pied de la grande muraille du château, qui baignait dans le fossé. Ils y entrèrent, et ceci m'expliqua par où les autres avaient disparu quand je les avais si bien cherchés.

Il s'agissait de faire comme eux, et ça ne me paraissait guère mal aisé ; mais j'eus

bien de la peine à y décider mes compagnons. Ils avaient ouï dire que les souterrains du château s'étendaient sous la campagne jusqu'à Déols, qui est à environ
neuf lieues, et qu'une personne qui n'en
connaîtrait pas les détours, ne s'y pourrait jamais retrouver.

Je fus obligé de leur dire que je les
connaissais très bien, encore que je n'y
eusse jamais mis le pied, et que je n'eusse
aucune idée si c'était des celliers pour le
vin, ou une ville sous terre, comme au-
cuns le prétendaient.

Je marchais le premier, sans voir seulement où je posais mes pieds, tâtant les

murs qui faisaient un passage très étroit et où il ne fallait guère lever la tête pour rencontrer la voûte.

Nous avancions comme cela depuis un bon moment, quand il se fit, au-dessous de nous, un vacarme comme si c'était quarante tonnerres roulant dans les cavernes du diable. Cela était si singulier et si épouvantable, que je m'arrêtai pour tâcher d'y comprendre quelque chose, et puis, j'avançai vitement, ne voulant pas me laisser refroidir par l'imagination de quelque diablerie, et disant à mes camarades de me suivre; mais le bruit était trop fort pour qu'ils m'entendissent parler, et moi, pensant qu'ils étaient sur mes talons, j'avançai encore plus, jusqu'à ce que, n'entendant plus rien, et me retournant pour leur demander s'ils étaient là, je n'en reçus aucune réponse.

Comme je ne voulais point parler haut, je fis quatre ou cinq pas en retour de ceux que j'avais faits en avant. J'allongeai les mains, j'appelai avec précaution; adieu la compagnie, ils m'avaient laissé tout seul.

Je pensai que n'étant pas bien loin de l'entrée, je les rattraperais dedans ou dehors; je marchai donc plus vite et avec plus d'assurance, et repassai l'arcade par ou j'étais entré, pour regarder et chercher tout le long de la rouette aux Anglais ; mais il était arrivé de mes camarades comme des sonneurs, il semblait que la terre les eût dévorés.

J'eus comme un moment de malefièvre, en songeant qu'il me fallait tout abandonner, ou rentrer dans ces maudites caves et m'y trouver tout seul aux prises avec les embûches et les frayeurs qui y attendaient Joseph. Mais je me demandai si, dans le cas où il ne s'agirait que de lui, je me retirerais tranquillement de son danger. Mon âme de chrétien m'ayant répondu que non, je demandai à mon cœur si l'amour de Thérence n'était pas aussi solide en lui que l'amour du prochain

dans ma conscience, et la réponse que
j'en reçus me fit repasser l'arcade noire et
vaseuse bien résolument, et courir dans
le souterrain, non pas aussi gai, mais
aussi prompt que si c'eût été à ma propre
noce.

Comme je tâtais toujours en marchant, je trouvai, sur ma droite, l'entrance
d'une autre galerie que je n'avais point
sentie la première fois en tâtant sur ma
gauche, et je me dis que mes camarades, en se retirant, avaient dû la rencontrer et s'y engager, croyant aller à la
sortie. Je m'y engageai pareillement, car
rien ne me disait que mon premier che-

min fût celui qui me rapprochait des sonneurs.

Je n'y retrouvai point mes camarades,
mais quant aux sonneurs, je n'eus pas
fait vingt-cinq pas que j'entendis leur vacarme de beaucoup plus près que je n'a-
vais fait la première fois, et bientôt une
clarté trouble me fit voir que je débou-
chais dans un grand caveau rond qui
avait trois ou quatre sorties noires comme
la gueule de l'enfer.

Je m'étonnai de voir clair ou peu s'en
faut dans un endroit voûté où ne se trouvait aucun luminaire, et, me baissant, je
reconnus que cette lueur venait du des-

sous et perçait le sol où je marchais. J'observai aussi que ce sol se renflait en voûte
sous mes pieds, et, craignant qu'il ne fut
point solide, je ne m'aventurai point au
mitant, mais, suivant le mur, je m'avisai
de plusieurs crevasses où, en me couchant
par terre, je collai ma vue bien commodé-
ment, et vis tout ce qui se passait dans un
autre caveau rond, placé juste au dessous
de celui où j'étais.

C'était, comme j'ai su après, un ancien
cachot, attenant à celui de la grande oubliette dont la bouche se voyait encore, il
n'y a pas trente ans, dans les salles hautes
du château, je m'en doutai bien à voir les
débris d'ossements qu'on y avait dressés

en manière d'épouvantail, avec des cierges
de résine plantés dans des crânes au fond
de l'enceinte, Joseph était là tout seul, les
yeux débandés, les bras croisés, aussi
tranquille que je l'étais peu, et paraissant
écouter avec mépris le tintamarre des dix-
huit musettes qui braillaient toutes ensemble, prolongeant la même note en manière de rugissement. Cette musique d'en-
ragés venait de quelque cave voisine, où
les sonneurs se tenaient cachés, et où,
sans doute, ils savaient qu'un écho singulier trentuplait la résonnance; moi, qui
n'en savais rien et qui ne m'en avisai que
par réflexion, je pensai d'abord qu'il y
avait là tous les cornemuseux du Berry,

de l'Auvergne et du Bourbonnais ras-
semblés.

Quand ils se furent saoûlés de faire
ronfler leurs instruments, ils se mirent à
pousser des cris et des miaulements qui,
répétés par ces échos, paraissaient être
ceux d'une grande foule mêlée d'ani-
maux furieux de toute espèce ; mais à tout
cela, Joseph, qui était véritablement un
homme comme j'en ai peu vu dans les
paysans de chez nous, se contentait de
lever les épaules et de bailler, comme
ennuyé d'un jeu d'imbécilles.

Son courage passait en moi, et je commençais à vouloir rire de la comédie;

quand un petit bruit me fit tourner la tête,
et je vis, juste derrière moi, à l'entrée de
la galerie par où j'étais venu, une figure
qui me glaça les sens.

C'était comme un seigneur des temps
passés, portant une cuirasse de fer, une
pique bien effilée et des habits de cuir
d'une mode qu'on ne voit plus. Mais le
plus affreux de sa personne était sa figure,
qui offrait la véritable ressemblance d'une
tête de mort.

Je me remis un peu, me disant que
c'était un déguisement pris par un de la
bande pour éprouver Joseph; mais, en y
pensant mieux, je vis que le danger était

pour moi, puisque dans ce cas, me trouvant aux écoutes, il allait me faire un mauvais parti.

Mais, encore qu'il put me voir comme je le voyais, il ne bougea point et resta planté à la manière d'un fantôme, moitié dans l'ombre, moitié dans la clarté qui venait d'en bas; et comme cette clarté allait et venait selon qu'on l'agitait, il y avait des moments où, ne le distinguant plus, je croyais l'avoir eu seulement dans la tête, mais tout d'un coup, il reparaissait clairement, sauf ses jambes qui restaient toujours dans l'obscur, derrière une espèce de marche, de telle sorte que je

m'imaginais le voir flotter comme une figure de nuages.

Je ne sais combien de minutes je passai
à me tourmenter de cette vision, ne pensant plus du tout à épier Joseph, et craignant de devenir fou pour avoir tenté plus
qu'il n'était en moi d'en affronter. Je me
souvenais d'avoir vu, dans les salles du
château, une vieille peinture qu'on disait
être le portrait d'un ancien guerrier bien
mal commode, que le seigneur du lieu,
lequel était son propre frère, avait fait
jeter en l'oubliette. Le revêtissement de
fer et de cuir que j'avais là devant moi,
sur une figure de mort desséché, était si
ressemblant à celui de l'image peinte, que

IV   19

l'idée me venait bien naturellement d'une âme en colère et en peine, qui venait épier la profanation de son sépulcre, et qui, peut-être bien, en marquerait son déplaisir d'une manière ou de l'autre.

Ce qui me rendit mon calcul assez raisonnable, c'est que cette âme ne me disait rien et ne s'occupait point de moi, connaissant peut-être que je n'étais point là à mauvaises intentions contre sa pauvre carcasse.

Un bruit différent des autres arracha pourtant mes yeux du charme qui les retenait. Je regardai dans le caveau où était Joseph, et j'y vis une autre chose bien laide et bien étrange.

Joseph était toujours debout et assuré,
en face d'un être abominable, tout habillé
de peau de chien, portant des cornes dans
une tête chevelue, avec une figure rouge,
des griffes, une queue, et faisant toutes
les sauteries et grimaces d'un possédé.
C'était fort vilain à voir, et cependant je
n'en fus pas longtemps la dupe, car il avait
beau changer sa voix, il me semblait reconnaître celle de Doré-Fratin, le cornemuseux de Pouligny, un des hommes les
plus forts et les plus batailleurs de nos
alentours.

— Tu as beau répondre, disait-il à Joseph, que tu te ris de moi et que tu n'as
aucune peur de l'enfer, je suis le roi des

musiqueux et, sans ma permission, tu n'exerceras point que tu ne m'aies vendu ton âme.

Joseph lui répondit : — Qu'est-ce qu'un diable aussi sot que vous ferait de l'âme d'un musicien ? Il ne s'en pourrait point servir.

— Fais attention à tes paroles, dit l'autre. Ne sais-tu point qu'il faut ici se donner au diable, ou être plus fort que lui ?

— Oui, oui, répliqua Joseph. Je sais la sentence : il faut tuer le diable, ou que le diable vous tue.

Sur ce mot-là, je vis Huriel et son père

sortir d'une voûte de côté et s'approcher du diable comme pour lui parler; mais ils furent retenus par les autres sonneurs qui se montrèrent autour de lui; et Carnat, le père, s'adressant à Joseph — on voit, lui dit-il, que tu ne redoutes pas les sortiléges et on t'en tiendra quitte, si tu te veux conformer à l'usage, qui est de battre le diable, en marque de refus que tu fais chétiennement de te soumettre à lui.

— Si le diable veut être bien étrillé, répliqua Joseph, donnez-m'en la permission vîtement, et il verra si sa peau est plus dure que la mienne. Quelles sont les armes?

— Aucune autre que les poings, répondit Carnat.

— C'est en franc jeu, j'espère? dit le grand bûcheux.

Joseph ne prit pas le temps de s'en assurer, et encoléré du jeu qu'on faisait de lui, il sauta sur le diable, lui arracha sa coiffure et le prit au corps si résolument qu'il le jeta par terre et tomba dessus.

Mais il se releva aussitôt, et il me sembla qu'il poussait un cri de surprise et de souffrance; mais toutes les musettes se mirent à jouer, sauf celles d'Huriel et de son père, lesquels faisaient semblant, et regardaient le combat d'un air de doute et d'inquiétude.

Cependant Joseph roulait le diable et paraissait le plus fort; mais je trouvais en lui une rage qui ne me paraissait point naturelle et qui me faisait craindre que, par trop de violence, il ne se mit dans son tort. Les sonneurs semblaient l'y aider, car, au lieu de secourir leur camarade, trois fois renversé, ils tournaient à l'entour de la lutte, sonnant toujours et frappant des pieds pour l'exciter à tenir bon.

Tout d'un coup, le grand bûcheux sépara les combattants en allongeant un coup de bâton sur les pattes du diable, et menaçant de faire mieux la seconde fois, si on ne l'écoutait parler. Huriel accourut à son côté, le bâton levé aussi, et tous les autres s'arrêtant de tourner et de sonner, il se fit un repos et un silence.

Je vis alors que Joseph, vaincu par la douleur, essuyait ses mains déchirées et sa figure couverte de sang, et que si Huriel ne l'eût retenu dans ses bras, il serait tombé sans connaissance, tandis que Doré-Fratin jetait son attirail, soufflait de chaud, et n'essuyait en ricanant, que la sueur d'un peu de fatigue.

— Qu'est-ce à dire? s'écria Carnat, venant d'un air de menace contre le grand

bûcheux. Êtes-vous un faux frère? De
quel droit mettez-vous empêchement aux
épreuves?

— J'y mets empêchement à mes risques
et à votre honte, répliqua le grand bûcheux. Je ne suis pas un faux-frère, et
vous êtes de méchants maîtres, aussi traî-
tres que dénaturés. Je m'en doutais bien,
que vous nous trompiez, pour faire souffrir et peut-être blesser dangereusement
ce jeune homme! Vous le haïssez, parce
que vous sentez qu'il vous serait préféré et
que, là où il se ferait entendre, on ne voudrait plus vous écouter. Vous n'avez pas
osé lui refuser la maitrise, parce que tout
le monde vous l'eût reproché comme une

injustice trop criante; mais, pour le dégoûter de pratiquer dans les paroisses dont
vous avez fait usurpation, vous lui rendez
les épreuves si dures et si dangereuses
qu'aucun de vous ne les aurait supportées
si longtemps.

— Je ne sais pas ce que vous voulez
dire, répondit le vieux doyen, Pailloux de
Verneuil, et les reproches que vous nous
faites ici en présence d'un aspirant, sont
d'une insolence sans pareille. Nous ne savons pas comment on pratique la réception
dans vos pays, mais ici, nous sommes dans
nos coutumes et ne souffrirons pas qu'on
les blâme.

— Je les blâmerai, moi, dit Huriel, qui étanchait toujours le sang de Joseph avec son mouchoir, et, l'ayant assis sur son genou, l'aidait à revenir. Ne pouvant et ne voulant vous faire connaître hors d'ici, à cause du serment qui me fait votre confrère, je vous dirai, au moins, en face, que vous êtes des boureaux. Dans nos pays, on se bat avec le diable par pur amusement et en ayant soin de ne se faire aucun mal. Ici, vous choisissez le plus fort d'entre vous, et vous lui laissez des armes cachées dont il cherche à crever les yeux et percer les veines. Voyez! ce jeune homme est abimé, et, dans la colère où l'avait mis votre méchanceté, il s'y serait fait tuer, si nous ne l'eussions arrêté. Qu'en auriez-vous fait alors? Vous l'eussiez donc jeté en cette caverne d'oubli, où ont péri tant d'autres pauvres malheureux dont les ossements devraient se redresser pour vous reprocher d'être aussi méchants que vos anciens seigneurs?

Cette parole d'Huriel me rappela l'apparition que j'avais oubliée, et je me retournai pour voir si son invocation l'attirerait à lui. Je ne la vis plus, et pensai à trouver le chemin du caveau d'en bas, où, d'un moment à l'autre, je sentais bien devoir être utile à mes amis.

Je trouvai tout de suite l'escalier et le

descendis, jusqu'à l'entrée, où je ne son-
geai même pas à me tenir caché, tant il y
avait là de dispute et de confusion, qui
ne permettaient pas de faire attention à
moi.

Le grand bûcheux avait ramassé la ca-
saque de peau de bête, et montrait comme
quoi elle était garnie de pointes, comme
une carde à étriller les bœufs, et les mi
taines que ce faux diable portait encore
avaient, à la paume des mains, de bons
clous bien assujétis, la pointe en dehors.
Les autres étaient furieux de se voir blâmer devant Joseph. Voilà bien du bruit
pour des égratignures, disait Carnat. N'est-
il point dans l'ordre que le diable ait des

ongles? et cet innocent, qui l'a attaqué
sans prudence, ne savait-il point qu'on ne
joue pas avec lui sans s'y faire un peu
échaffrer le museau? Allons, allons, ne le
plaignez point tant, ce n'est rien; et puisqu'il en a assez, qu'il se retire et confesse
qu'il n'est point de force à se divertir avec
nous; partant, qu'il ne saurait être de
notre compagnie en aucune manière.

— J'en serai! dit Joseph, qui, en s'arrachant des bras d'Huriel, montra qu'il
avait la poitrine ensanglantée et sa che-
mise déchirée. J'en serai malgré vous!
J'entends que la bataille recommence, et
il faudra que l'un de nous reste ici.

— Et moi, je m'y oppose, dit le grand bûcheux, et j'ordonne que ce jeune homme soit déclaré vainqueur, ou bien je jure d'amener dans ce pays une bande de sonneurs, qui feront connaître la manière de se comporter, et y rétabliront la justice.

— Vous? dit Fratin, en tirant une manière d'épieu de sa ceinture. Vous pourrez le faire, mais non pas sans porter de nos marques, à seules fins qu'on puisse donner foi à vos rapports.

Le grand bûcheux et Huriel se mirent en défense, Joseph se jeta sur Fratin pour lui arracher son épieu, et je ne fis qu'un

saut pour les joindre ; mais, devant qu'on
eut pu échanger des coups, la figure qui
m'avait tant troublé se montra sur le
seuil de l'oubliette, étendit sa pique et s'a-
vança d'un pas, qui suffit pour donner la
frayeur aux malententionnés. Et, comme
on s'arrêtait, morfondu de crainte et d'é-
tonnement, on entendit une voix plain-
tive, qui récitait la prose des morts dans
le fond de l'oubliette.

C'en fut assez pour démonter la confrérie, et l'un des sonneurs s'étant écrié :
« Les morts ! les morts qui se lèvent ! »
tous prirent la fuite, pêle-mêle, criant et
se poussant, par toutes les issues, sauf celle
de l'oubliette, où apparaissait une autre

figure couverte d'un suaire, toujours psalmodiant de la manière la plus lamentable qui se puisse imaginer. Si bien qu'en une minute, nous nous trouvâmes sans ennemis, le guerrier ayant jeté son casque et son masque, et nous montrant la figure réjouie de Benoît, tandis que le carme, déroulant son suaire, se tenait les côtes, à force de rire.

— Que le bon Dieu me pardonne la mascarade ! disait-il ; mais je l'ai faite à bonne intention, et il me semble que ces coquins méritaient qu'on leur donnât une bonne leçon, pour leur apprendre à se moquer du diable, dont ils ont plus de peur que ceux à qui ils le font voir.

— J'en étais bien sûr, moi, disait Benoit, qu'en voyant notre comédie, ils trembleraient au beau milieu de la leur. Mais alors, avisant le sang et les blessures de Joseph, il s'inquiéta de lui et lui montra tant d'intérêt que, cela joint au secours qu'il lui apportait, me prouva son amitié pour lui et son bon cœur, dont j'avais douté.

Tandis que nous nous assurions que Joseph n'avait pas de mal trop profond, le carme nous racontait comme quoi le sommelier du château lui avait dit avoir coutume de permettre aux sonneurs et autres joyeuses confréries de faire leurs cérémonies dans les souterrains. Ceux où nous

étions se trouvaient assez distants des bâ-
timents habités par la demoiselle dame de
Saint-Chartier pour qu'elle n'entendit
pas le bruit, et, dans tous les cas, elle
n'eût fait qu'en rire, car on n'imaginait
point qu'il s'y pût mêler de la méchanceté; mais Benoît, qui se doutait de quelque mauvais dessein, avait demandé au
même sommelier un déguisement et les
clés des souterrains, et c'est ainsi qu'il se
trouvait là si à point pour écarter le danger.

— Eh bien, lui dit le grand bûcheux,
merci pour votre assistance; mais je re-
grette que l'idée vous en soit venüe, car
ces gens sont capables de m'accuser de

l'avoir réclamée, et, par là, d'avoir trahi les secrets de mon métier. Si vous m'en croyez, nous partirons sans bruit, et leur laisseront croire qu'ils ont vu des fantômes.

— D'autant plus, dit Benoit, que leur rancune pourrait me retirer leur consommation, qui n'est pas peu de chose. Pourvu qu'ils n'aient point reconnu, Tiennet? Et comment diable, à propos, Tiennet se trouve-t-il là?

— Ne l'avez-vous pas amené? dit Huriel.

— Vraiment non, répondis-je. Je suis venu pour mon compte, à cause de toutes

les histoires qu'on faisait sur vos diable-
ries. J'étais curieux de les voir; mais je
vous jure qu'ils avaient l'esprit trop égaré
et la vue trop trouble pour me reconnaître.

Nous allions partir, quand des bruits
de voix écolorées et des tumultes sourds,
comme ceux d'une querelle, se firent entendre.

— Oui dà! dit le carme, qu'y a-t-il encore? Je crois qu'ils reviennent et que
nous n'en avons pas fini avec eux. Et
vite! reprenons nos déguisements!

— Laissez faire, dit Benoît prêtant
l'oreille; je vois ce que c'est. J'ai ren-

contré, en venant ici par les caves du château, quatre ou cinq gaillards dont un
m'est connu. C'est Léonard, votre ouvrier
bourbonnais, père Bastien ! Ces jeunes
gens venaient aussi par curiosité sans
doute ; mais ils s'étaient égarés dans les
caveaux et n'étaient pas bien rassurés. Je
leur ai donné ma lanterne en leur disant
de m'attendre. Ils auront été rencontrés
par les sonneurs en déroute, et ils s'amu-
sent à leur donner la chasse.

— La chasse pourrait bien être pour
eux, dit Huriel, s'ils ne sont pas en
nombre. Allons-y voir !

Nous nous y disposions, quand les pas
et le bruit se rapprochant, nous vîmes

rentrer Carnat, Doré-Fratin et une bande
de huit autres qui, ayant, en effet, échangé
quelques bonnes tapes avec mes camarades, étaient revenus de leur poltronne-
rie et comprenaient qu'ils avaient affaire
à de bons vivants. Ils se retournèrent
contre nous, accablant les Huriel de reproches pour les avoir trahis et fait tomber dans une embûche. Le grand bûcheux
s'en défendit, et le carme voulut mettre la
paix en prenant tout sur son compte, et
en leur reprochant leurs torts ; mais ils
se sentaient en force, parce qu'à tout moment, il en arrivait d'autres pour les
soutenir, et quand ils se virent à peu près
au complet, ils élevèrent le ton et com-

mencèrent à passer des insultes aux menaces et des menaces aux coups. Sentant
qu'il n'y avait pas moyen d'éviter la rencontre, d'autant plus qu'ils avaient bu
beaucoup d'eau-de-vie pendant les épreuves
et ne se connaissaient plus guères, nous
nous mîmes en défense, serrés les uns
contre les autres, et faisant face à l'ennemi
de tous côtés, comme se tiennent les
bœufs quand une bande de loups les atta-
que au pâturage. Le carme y ayant perdu
sa morale et son latin, y perdit aussi sa
patience, car, s'emparant du bourdon
d'une musette tombée dans la bagarre, il
s'en servit aussi bien qu'homme peut faire
pour défendre sa peau.

Par malheur, Joseph était affaibli de la perte de son sang, et Huriel, qui avait toujours dans le cœur la mort de Malzac, craignait plus de faire du mal que d'en recevoir. Tout occupé de protéger son père, qui y allait comme un lion, il se mettait en grand danger. Benoît s'escrimait très bien pour un homme qui sort de maladie; mais, en somme, nous n'étions que six contre quinze ou seize, et, comme le sang commençait à se montrer, la rage venait, et je vis qu'on ouvrait les couteaux. Je n'eus que le temps de me jeter devant le grand bûcheux qui, répugnant encore à tirer l'arme tranchante, était l'objet de la plus grosse rancune. Je reçus un coup

dans le bras, que je ne sentis quasiment
point, mais qui me gêna pourtant bien
pour continuer, et je voyais la partie perdue, quand, par bonheur, mes quatre camarades, se décidant à venir au bruit,
nous apportèrent un renfort suffisant, et
mirent en fuite, pour la seconde fois, et
pour la dernière, nos ennemis épuisés,
pris par derrière, et ne sachant point si ce
serait le tout.

Je vis que la victoire nous restait,
qu'aucun de mes amis n'avait grand mal,
et m'apercevant, tout d'un coup, que j'en
avais trop reçu pour un homme tout seul,
je tombai comme un sac, et ne connus ni
ne sentis plus aucune chose de ce monde.

TRENTE·UNIÈME VEILLÉE

TRENTE-UNIÈME VEILLÉE

Quand je me réveillai, je me vis couché dans un même lit avec Joseph, et il me fallut un peu de peine pour réclamer mes esprits. Enfin, je connus que j'étais en la propre chambre de Benoît, que le lit était

bon, les draps bien blancs, et que j'avais
au bras la ligature d'une saignée. Le soleil
brillait sur les courtines jaunes, et, sauf
une grande faiblesse, je ne sentais aucun
mal. Je me tournai vers Joseph qui avait
bien des marques, mais aucune dont il dût
rester dévisagé, et qui me dit en m'embrassant : — Eh bien, mon Tiennet? nous
voilà comme autrefois, quand, au retour
du catéchisme, nous nous reposions dans
un fossé, après nous être battus avec les
gars de Verneuil? Comme dans ce temps-
là, tu m'as défendu à ton dommage, et,
comme dans ce temps-là, je ne sais point
t'en remercier comme tu le mérites; mais
en tout temps, tu as deviné peut-être que

mon cœur n'est pas si chiche que ma langue. — Je l'ai toujours pensé, mon camarade, lui répondis-je en l'embrassant aussi,
et si je t'ai encore une fois secouru, j'en
suis content. Cependant, il n'en faut pas
prendre trop pour toi. J'avais une autre
idée..... Je m'arrêtai, ne voulant point
céder à la faiblesse de mes esprits, qui
m'aurait, pour un peu, laissé échapper le
nom de Thérence ; mais une main blanche
tira doucement la courtine, et je vis devant moi la propre image de Thérence qui
se penchait vers moi, tandis que la Mariton passant dans la ruelle, caressait et
questionnait son fils.

Thérence se pencha sur moi, comme je

vous dis, et moi, tout saisi, croyant rêver,
je me soulevais pour la remercier de
sa visite et lui dire que je n'étais point
en danger; quand, sot, comme un malade,
et rougissant comme une fille, je reçus
d'elle le plus beau baiser qui ait jamais
fait revenir un mort.

— Qu'est-ce que vous faites, Thérence?
m'écriai-je en lui empoignant les mains
que j'aurais quasi mangées; voulez-vous
donc me rendre fou?

— Je vous veux remercier et aimer
toute ma vie, répondit-elle, car vous m'a-
vez tenu parole; vous m'avez renvoyé mon
père et mon frère sains et saufs, dès ce
matin, et je sais tout ce que vous avez

fait, tout ce qui vous est arrivé pour l'a-
mour d'eux et de moi. Aussi me voilà pour
ne vous plus quitter tant que vous serez
malade.

— A la bonne heure, Thérence, lui dis-
je en soupirant : c'est plus que je ne mérite. Fasse donc le bon Dieu que je ne
guérisse point, car je ne sais ce que je de-
viendrais après.

— Après? dit le grand bûcheux, qui
venait d'entrer avec Huriel et Brulette.
Voyons, ma fille, que ferons-nous de lui
après?

— Après? dit Thérence, rougissant en
plein pour la première fois.

— Allons! allons! Thérence la sincère,
reprit le grand bûcheux, parlez comme il
convient à la fille qui n'a jamais menti.

— Eh bien, mon père, dit Thérence,
après, je ne le quitterai pas davantage.

— Otez-vous de là! m'écriai-je, fermez
les rideaux, je me veux habiller, lever, et
puis sauter, chanter et danser; je ne suis
point malade, j'ai le paradis dans l'âme....
Mais, disant cela, je retombai en faiblesse,
et ne vis plus que dans une manière de
rêve, Thérence, qui me soutenait dans ses
bras et me donnait des soins.

Le soir, je me sentis mieux; Joseph
était déjà sur pied, et j'aurais pu y être
aussi, mais on ne le souffrit point, et force

me fut de passer la veillée au lit, tandis que mes amis causaient dans la chambre, et que ma Thérence, assise à mon chevet, m'écoutait doucement et me laissait lui répandre en paroles tout le baume dont j'avais le cœur rempli.

Le carme causait avec Benoît, tous deux arrosant la conversation de quelques pichets de petit vin blanc, qu'ils avalaient en guise de tisanne rafraîchissante. Huriel causait avec Brulette en un coin ; Joseph avec sa mère et le grand bûcheux.

Or, Huriel disait à Brulette : « Je t'avais bien dit, le premier jour que je te vis, en te montrant ton gage à mon anneau d'oreille, « il y restera toujours, à moins que

l'oreille n'y soit plus. » Eh bien, l'oreille,
quoique fendue dans la bataille, y est encore, et l'anneau, quoique brisé, le voilà,
avec le gage un peu bosselé. L'oreille
guérira, l'anneau sera ressoudé, et tout
reprendra sa place, par la grâce de Dieu. »

La Mariton disait au grand bûcheux :
« — Eh bien, qu'est-ce qui va résulter
de cette bataille, à présent ? Ils sont capables de m'assassiner mon pauvre enfant, s'il essaie de cornemuser dans le
pays?

— Non, répondait le grand bûcheux ;
tout s'est passé pour le mieux, car ils ont
reçu une bonne leçon, et il s'y est trouvé
assez de témoins étrangers à la confrérie,

pour qu'ils n'osent plus rien tenter contre Joseph et contre nous. Ils sont capables de faire le mal quand cela se passe entre eux, et qu'ils ont, par force ou par amitié, arraché à un aspirant le serment de se taire. Joseph n'a rien juré ; il se taira parce qu'il est généreux, Tiennet aussi, de même que mes jeunes bûcheux par mon conseil et par mon commandement. Mais vos sonneurs savent bien que s'ils touchaient, à présent, à un cheveu de nos têtes, les langues seraient déliées et l'affaire irait en justice. »

Et le carme disait à Benoît : « Je ne saurais point rire avec vous de l'aventure, depuis que j'y ai eu un accès de colère

dont il me faudra faire confession et pénitence. Je leur pardonne bien les coups
qu'ils ont essayé de me porter, mais non
ceux qu'ils m'ont forcé de leur appliquer.
Ah! le père prieur de mon couvent a
bien raison de me tancer quelquefois, et
de me dire qu'il faut combattre en moi,
non seulement le vieil homme, mais encore le vieux paysan, c'est-à-dire celui qui
aime le vin et la bataille. Le vin, continua
le carme en soupirant et en remplissant
son verre jusqu'aux bords, j'en suis cor-
rigé, Dieu merci ! mais je me suis aperçu
cette nuit, que j'avais encore le sang que-
relleur et qu'une tape me rendait furieux.

— N'étiez-vous point là en état et en

droit de légitime défense? dit Benoît. Allons donc! Vous avez parlé aussi bien que vous deviez, et n'avez levé le bras que quand vous y avez été forcé.

— Sans doute, sans doute! répondit le carme; mais mon malin diable de père prieur me fera des questions. Il me tirera les vers du nez, et je serai forcé de lui confesser qu'au lieu d'y aller avec réserve et à regret, je me suis laissé emporter au plaisir de taper comme un sourd, oubliant que j'avais le froc au dos, et m'imaginant être au temps où, gardant les vaches avec vous, dans les prairies du Bourbonnais, j'allais cherchant querelle aux autres patours pour la seule vanité mondaine de montrer que j'étais le plus fort et le plus têtu.

Joseph ne disait rien, et sans doute il souffrait de voir deux couples heureux qu'il n'avait plus le droit de bouder, ayant reçu d'Huriel et de moi si bonne assistance.

Le grand bûcheux qui avait pour lui, en plus, un faible de musicien, l'entretenait dans ses idées de gloire. Il faisait donc de grands efforts pour voir sans jalousie le contentement des autres, et nous étions forcés de reconnaître qu'il y avait, dans ce garçon, si fier et si froid, une force d'esprit peu commune pour se vaincre.

Il resta caché, ainsi que moi, dans la maison de sa mère, jusqu'à ce que les marques de la bataille fussent effacées ; car le secret de l'affaire fut gardé par mes camarades, avec menaces aux sonneurs toutefois, de la part de Léonard, qui se conduisit très sagement et très hardiment avec eux, de tout révéler aux juges du canton, s'ils ne se rangeaient à la paix, une fois pour toutes.

Quand ils furent tous debout, car il y en avait eu plus d'un de bien endommagé, et notamment le père Carnat, à qui il paraît que j'avais démanché le poignet, les paroles furent échangées et les accords conclus. Il fut décidé que Joseph aurait plusieurs paroisses, et il se les fit adjuger, encore qu'il eût l'intention de n'en point jouir.

Je fus un peu plus malade que je ne croyais, non pas tant à cause de ma blessure, qui n'était pas bien grande, ni des coups dont on m'avait assommé le corps, que de la saignée trop forte que le carme m'avait faite à bonne intention. Huriel et Brulette eurent l'amitié bien charmante de vouloir retarder leur mariage, à seules fins d'attendre le mien ; et un mois après, les deux noces se firent ensemble, mêmement les trois, car Benoît voulut rendre le sien public et en célébrer la fête avec la nôtre. Ce brave homme, heureux d'avoir

un héritier si bien élevé par Brulette, es-
saya de lui faire accepter un don de con-
séquence; mais elle le refusa obstinément,
et se jetant aux bras de la Mariton. —
Ne vous souvient-il donc plus, s'écria-t-elle,
que cette femme-là ma servi de mère pendant une douzaine d'années, et croyez-
vous que je puisse accepter de l'argent
quand je ne suis pas encore quitte envers
elle?

— Oui, dit la Mariton; mais ton édu-
cation a été tout honneur et tout plaisir
pour moi, tandis que celle de mon Charlot t'a causé des affronts et des peines.

— Ma chère amie, répondit Brulette,

ceci est la chose qui remet un peu d'éga-
lité dans nos comptes. J'aurais souhaité
pouvoir faire le bonheur de votre Joset en
retour de vos bontés pour moi ; mais cela
n'a pas dépendu de mon pauvre cœur, et
dès-lors, pour vous compenser de la peine
que je lui causais, je devais bien m'ex-
poser à souffrir pour l'amour de votre autre enfant.

— Voilà une fille !... s'écria Benoît, es-
suyant ses gros yeux ronds qui n'étaient
point sujets aux larmes. Oui, oui, voilà
une fille !.... et il n'en pouvait dire davantage.

Pour se venger des refus de Brulette,

il voulut faire les frais de sa noce, et celle de la mienne par dessus le marché. Et comme il n'y épargna rien et y invita au moins deux cents personnes, il y fut pour une grosse somme, de laquelle il ne marqua jamais aucun regret.

Le carme nous avait fait trop bonne promesse pour y manquer, d'autant plus que son père prieur l'ayant mis à l'eau pendant un mois pour sa pénitence, le jour de nos noces fut celui où l'interdit était levé de son gosier. Il n'en abusa point et se comporta d'une manière si aimable que nous fîmes tous avec lui la même amitié qu'il y avait entre lui, Huriel et Benoît.

Joseph alla bien courageusement jusqu'au jour des noces. Le matin, il fut pâle et comme accablé de réflexions ; mais, en sortant de l'église, il prit la musette des mains de mon beau-père et joua une marche de noces qu'il avait composée, la nuit même, à notre intention. C'était une si belle chose de musique, et il y fut donné tant d'acclamation que son chagrin se dissipa, qu'il sonna triomphalement ses plus beaux airs de danse et se perdit dans son délice tout le temps que dura la fête.

Il nous suivit ensuite au Chassin, et là, le grand bûcheux ayant réglé toutes nos affaires, nous dit : « Mes enfants, vous voilà heureux et riches pour des gens de

campagne ; je vous laisse l'affaire de cette
futaie, qui est une belle affaire, et tout ce
que je possède d'ailleurs est à vous. Vous
allez passer ici quasiment le reste de
l'année, et vous déciderez, pendant ce
temps-là, de vos plans de campagne pour
l'avenir. Vous êtes de pays différents et
vous avez des goûts et des habitudes diverses. Essayez-vous à la vie que chacun
de vous doit procurer à sa femme pour la
rendre heureuse de tous points et ne lui
pas faire regretter des unions si bien com-
mencées. Je reviendrai dans un an. Tâchez
que j'aie deux beaux petits enfants à ca-
resser. Vous me direz alors ce que vous
aurez réglé. Prenez votre temps, telle

chose paraît bonne aujourd'hui qui paraît pire ou meilleure le lendemain.

— Et où donc allez-vous, mon père? dit Thérence en l'entourant de ses bras avec frayeur.

— Je vas musiquer un peu par les chemins avec Joseph, répondit-il, car il a besoin de cela, et moi, il y a trente ans que j'en jeûne.

Ni larmes ni prières ne le purent retenir, et nous leur fîmes la conduite jusqu'à moitié chemin de Sainte-Sevère. Là, tandis que nous embrassions le grand bûcheux avec beaucoup de chagrin, Joseph nous dit : « Ne vous désolez point. C'est à moi, je le sais, qu'il sacrifie la vue de votre bonheur, car il a pour moi aussi le cœur d'un père, et il sait que je suis le plus à plaindre de ses enfants ; mais peut-être n'aurai-je pas longtemps besoin de lui, et j'ai dans l'idée que vous le reverrez plus tôt qu'il ne le croit lui-même. »

Là-dessus, pliant les genoux devant ma femme et devant celle d'Huriel : — Mes chères sœurs, dit-il, je vous ai offensées l'une et l'autre, et j'en ai été assez puni par mes pensées. Ne me voulez-vous point pardonner, afin que je me pardonne et m'en aille plus tranquille ?

Toutes deux l'embrassèrent de grande

affection, et il vint ensuite à nous, nous disant, avec une surprenante abondance de cœur, les meilleures et les plus douces paroles qu'il eût dites de sa vie, nous priant aussi de lui pardonner ses fautes et de garder mémoire de lui.

Nous montâmes sur une hauteur pour les voir le plus longtemps possible. Le grand bûcheux sonnait généreusement dans sa musette, et, de temps en temps, se retournait pour agiter son bonnet et nous envoyer des baisers avec la main.

Joseph ne se retourna point. Il marchait en silence et la tête baissée, comme brisé ou recueilli. Je ne pus m'empêcher

de dire à Huriel que je lui avais trouvé
sur la figure, au moment du départ, ce je
ne sais quoi que j'y avais remarqué souvent dans sa première jeunesse, et qui est,
chez nous, réputé la physionomie d'un
homme frappé d'un mauvais destin.

Les larmes de la famille se séchèrent peu
à peu dans le bonheur et l'espérance. Ma
belle chère-femme y fit plus d'effort que
les autres, car, n'ayant jamais quitté son
père, elle semblait perdre avec lui la moitié de son âme, et je vis bien que, malgré
son courage, son amitié pour moi, et le
bonheur que lui donna bientôt l'espoir
d'être mère, il lui manquait toujours quel-

que chose après quoi elle soupirait en secret.

Aussi, je songeais, sans cesse, à arranger ma vie de manière à nous réunir avec
le grand bûcheux, dussé-je vendre mon
bien, quitter ma famille, et suivre ma
femme où il lui plairait d'aller.

Il en était de même de Brulette qui se
sentait résolue à ne consulter que les goûts
de son mari, surtout quand son grand-
père, après une courte maladie, se fut
éteint bien tranquillement comme il avait
vécu, au milieu de nos soins et des caresses de sa chère enfant.

— Tiennet, me disait-elle souvent, il

faudra, je le vois, que le Berri soit vaincu en nous par le Bourbonnais. Huriel aime trop cette vie de force et de changement d'air, pour que nos plaines dormantes lui plaisent. Il me donne trop de bonheur pour que je lui souffre quelque regret caché. Je n'ai plus de famille chez nous ; tous mes amis, hormis toi, m'y ont fait des peines, je ne vis plus que dans Huriel. Où il sera bien, c'est là que je me sentirai le mieux.

L'hiver nous trouva encore au bois du Chassin. Nous avions bien gâté ce bel endroit dont la futaie de chênes était le plus grand ornement. La neige couvrait les cadavres de ces beaux arbres dépouillés par nous et jetés tous, la tête en avant, dans la rivière, qui les retenait, encore plus froids et plus morts, dans la glace. Nous goûtions, Huriel et moi, auprès d'un feu de copeaux que nos femmes venaient d'allumer pour y réchauffer nos soupes, et nous les regardions avec bonheur, car toutes deux étaient en train de tenir la promesse qu'elles avaient faite au grand bûcheux de lui donner de la survivance.

Tout d'un coup, elles s'écrièrent, et Thérence, oubliant qu'elle n'était plus aussi légère qu'au printemps, s'élança quasi au travers du feu, pour embrasser un homme que nous cachait la fumée épaisse des feuilles humides. C'était son brave homme de père, qui, bientôt, n'eut plus assez de bras et de bouche pour répondre à toutes nos caresses. Après la première joie, nous lui demandâmes nouvelles de Joseph et vîmes sa figure s'obscurcir et ses yeux se remplir de larmes.

— Il vous l'avait annoncé, répondit-il, que vous me reverriez plus tôt que je ne pensais! Il sentait comme un avertissement de son sort, et Dieu, qui amollissait l'écorce de son cœur en ce moment-là, lui conseillait sans doute de réfléchir sur lui-même.

Nous n'osions plus faire de questions. Le grand bûcheux s'assit, ouvrit sa besace et en tira les morceaux d'une musette brisée. — « Voilà tout ce que je vous rapporte

de ce malheureux enfant, dit-il. Il n'a pu
échapper à son étoile. Je pensais avoir
adouci son orgueil, mais, pour tout ce qui
tenait à la musique, il devenait chaque
jour plus hautain et plus farouche. C'est
ma faute, peut-être ! Je voulais le consoler
des peines d'amour en lui montrant son
bonheur dans son talent. Il a goûté, au
moins, les douceurs de la louange ; mais,
à mesure qu'il s'en nourrissait, la soif lui
en venait plus âcre.

» Nous étions loin : nous avions poussé
jusque dans les montagnes du Morvan,
où il y a beaucoup de sonneurs encore
plus jaloux que ceux d'ici, mais non pas
tant pour leurs intérêts que pour leur

amour-propre. Joseph a manqué de prudence, il les a offensés en paroles, dans un
repas qu'ils lui avaient offert très honnêtement et à bonnes intentions d'abord.
Par malheur, je ne l'y avais point suivi,
me trouvant un peu malade, et n'ayant
pas sujet de me méfier de la bonne intelli-
gence qu'il y avait entre eux au départ.

» Il passa la nuit dehors, comme il faisait souvent ; et comme j'avais remarqué
qu'il était parfois un peu jaloux de l'ap-
plaudissement qu'on donnait à mes vieilles
chansons, je ne le voulais point gêner.
Au matin, je sortis, encore un peu trem-
blant de fièvre, et j'appris, dans le bourg,
qu'on avait ramassé une musette brisée

au bord d'un fossé. Je courus pour la voir, et la reconnus bien vite. Je me rendis à l'endroit où elle avait été trouvée, et, cassant la glace du fossé, j'y découvris son malheureux corps tout gelé. Il ne portait aucune marque de violence, et les autres sonneurs ont juré qu'ils l'avaient quitté, sans dispute et sans ivresse, à une lieue de là. J'ai en vain recherché les auteurs de sa mort. C'est un endroit sauvage où les gens de justice craignent le paysan, et où le paysan ne craint que le diable. Il m'a fallu partir en me contentant de leurs tristes et sots propos. Ils croient fermement en ce pays, ce que l'on croit un peu dans celui-ci, à savoir qu'on ne peut devenir musicien sans vendre son âme à l'enfer, et qu'un jour où l'autre, Satan arrache la musette des mains du sonneur et la lui brise sur le dos, ce qui l'égare, le rend fou, et le pousse à se détruire. C'est comme cela qu'ils expliquent les vengeances que les sonneurs tirent les uns des autres, et ceux-ci n'y contredisent guère, ce qui leur est moyen de se faire redouter et d'échapper aux conséquences. Aussi les tient-on en si mauvaise estime et en si grande crainte, que je n'ai pu faire entendre mes plaintes, et que, pour un peu, si je fusse resté dans l'endroit, l'on m'eût accusé d'avoir moi-même appelé le diable pour me débarrasser de mon compagnon.

— Hélas! dit Brulette en pleurant, mon pauvre Joset! mon pauvre camarade! Et qu'est-ce que nous allons dire à sa mère, mon bon Dieu?

— Nous lui dirons, répliqua tristement le grand bûcheux, de ne point laisser Charlot s'énamourer de la musique. C'est une trop rude maîtresse pour des gens comme nous autres. Nous n'avons point la tête assez forte pour ne point prendre le vertige sur les hauteurs où elle nous mène!

— Oh! mon père! s'écria Thérence, si vous pouviez l'abandonner! Dieu sait dans quels malheurs elle vous jettera aussi!

— Sois tranquille, ma chérie, répondit le grand bûcheux. M'en voilà revenu ! Je veux vivre en famille, élever ces petits enfants-là, que je vois déjà en rêve danser sur mes genoux. Où est-ce que nous nous fixons, mes chers enfants ?

— Où vous voudrez, s'écria Thérence.

— Et où voudront nos maris, s'écria Brulette.

— Où voudra ma femme, m'écriai-je aussi.

— Où vous voudrez tous, dit Huriel à son tour.

— Eh bien, dit le grand bûcheux,

comme je sais vos humeurs et vos moyens,
et que je vous rapporte encore un peu
d'argent, j'ai calculé, en route, qu'il était
aisé de contenter tout le monde. Quand
on veut que la pêche mûrisse, il ne faut
point arracher le noyau. Le noyau, c'est
la terre que possède Tiennet. Nous allons
l'arrondir et y bâtir une bonne maison
pour nous tous. Je serai content de faire
pousser le blé, de ne plus abattre les
beaux ombrages du bon Dieu, et de com-
poser mes petites chansons à l'ancienne
mode, le soir, sur ma porte, au milieu des
miens, sans aller boire le vin des autres et
sans faire de jaloux. Huriel aime à courir
le pays, sa femme est, à présent, de la

même humeur. Ils prendront des entre-
prises comme celle de cette futaie, où je
vois que vous avez bien travaillé, et iront
passer la belle saison dans les bois. Si
leur famille trop jeune les embarrasse
quelquefois, Thérence est de force et de
cœur à gouverner double nichée, et on se
retrouvera à la fin de chaque automne
avec double plaisir, jusqu'au jour où mon
fils, après m'avoir fermé les yeux depuis
longtemps, sentira le besoin du repos de
toute l'année, comme je le sens à cette
heure.

Tout ce que disait là mon beau-père
arriva comme il le conseillait et l'augu-
rait. Le bon Dieu bénit notre obéissance,

et, comme la vie est un ragoût mélangé de tristesse et de contentement, la pauvre Mariton vint souvent pleurer chez nous, et le bon carme y vint souvent rire.

FIN

Fontainebleau, imp. de E. Jacquin.

SOUS PRESSE.

MADEMOISELLE DE CARDONNE
PAR A. DE GONDRECOURT.

INGÉNUE
PAR ALEXANDRE DUMAS.

UNE NICHÉE DE TARTUFFES
PAR ALFRED DE VILLENEUVE.

LES VALETS DE CŒUR
PAR XAVIER DE MONTÉPIN.

UN DRAME EN FAMILLE
PAR LE MARQUIS DE FOUDRAS.

LE BARON LA GAZETTE
PAR A. DE GONDRECOURT.

LE NEUF DE PIQUE
PAR LA COMTESSE D'ASH.

LÉONE LÉONA
PAR ALEXANDRE DUMAS.

LE PRINCE DE GALLES
PAR LÉON GOZLAN.

MADEMOISELLE DE KÉROVAN
PAR XAVIER DE MONTÉPIN.

Impr. de E. Dépée, à Sceaux (Seine).

www.ingramcontent.com/pod-product-compliance
Lightning Source LLC
Chambersburg PA
CBHW070317030726
47505CB00004B/1017